クリエイターになりたい！

ミータ・ワグナー
訳＝小林玲子

柏書房

天国にいてもいつも一緒の母、そして父に。
ふたりは最高の創造性の応援団です。

クリエイターになりたい!

目次

装画
frimages/Getty Images

装丁・本文設計
トサカデザイン（戸倉 巌、小酒保子）

クリエイターになりたい！

WHAT'S YOUR CREATIVE TYPE?
Harness the Power of Your Artistic Personality
by META WAGNER

This edition published by arrangement with
Seal Press, an imprint of Perseus Books, LLC,
a subsidiary of Hachette Book Group, Inc.,
New York, New York, USA through
Tuttle-Mori Agency, Inc., Tokyo.

序章

なぜ、創る?

アートを創るとは世界を創ることだ。

——ワシリー・カンディンスキー〈芸術における精神的なもの〉

次の描写のなかで、自分に当てはまるものがないだろうか。あなたは誰にも知られていないひょうきん者だ。いや、友だちは知っているし、おもしろい人だと言ってくれる。次の時代を引っぱるコメディアンになれると言ってくれる。スタンダップコメディをやりたい（いつか自分の司会するコメディショーをやりたい）という自分の夢が子どもっぽくて現実離れしているのはわかっている。でも五分間のネタが出来上がったら、劇場は沸き返るだろう。そのあと大出世できるかもしれない。

あるいは誰にも言えない秘密を抱えているかもしれない。何ヶ月ものあいだ小説の原稿を書いていていて、毎朝五時に起きて会社に行く前に執筆しているのだ。けれど自分の書いているサイコスリラーが傑作なのか駄作なのか判断できなくて、八十四ページの文章の途中で手が止まる（「そして彼女は、彼が昨日研いだばかりのナイフをつかんで、ずぶりと――」）。それでもときおり、パソコンに保存された「第一作」というフォルダを見ると脈が一気に速くなり、アドレナリンが血管をかけめぐるのがはっきりと感じられる。あなたはカーソルを動かし、その憎たらしいフォルダの上で動かす。でもどういうわけか、クリックすることができない。

あるいはもう成功しているのかもしれない。画家として輝かしいキャリアを積み（作品の一枚は一流の現代美術館に展示されている！）、ボストンやフィラデルフィア、一度など東京で個展をやったこともある。有名な美術批評家のひとりには「二十一世紀のサルヴァドール・ダリ」と呼ばれた。さすがに自分のことをダリだとは思わないけれど、記事のリンクは保存したし、動画は繰り返し見た。あなたは好きなことをやって、ちゃんと生活している。ところが最近、なんだか勢いを失ったみたいで、下の世代のアーティストが次々と仕事を獲得していくのに焦っている。自分の仕事が持っていかれないだろうか。

こんな感じの悩みが当てはまるとしても、心配することはない。あなたは何世紀もの創造性豊かな巨匠たちの輝かしい伝統をたどっているのだ。彼らも道に迷い、不安を抱えながらも、長年モチベーションを保ってきた。中年に差しかかって〈草の葉〉を執筆するまで、ウォルト・ホイットマンが「なんでも屋」だったのを知っているだろうか。大工、教師、印刷工、記者、禁酒小説の書き手。ある批評家はこんなことまで言った。「ホイットマンはあらゆる意味で『非・詩人』で、特別な才能も気質も持ち合わせていなかった」あるいはジョージア・オキーフが、〈ラジオシティ・ミュージック・ホール〉から依頼を受けた壁画の制作にひどく悩んで、入院までしたことを知っているだろうか。フランク・シナトラが一度はやばやと引退していたことは。本当にキャリアを終える二十二年も前のことで、〈エンジェル・アイズ〉の歌詞同様「悪いけれどもう失礼する」と言い残して舞台を去っていったのだ。それでも彼らは全員、芸術の神様の殿堂に名を連ねている。

みんなどうやって不安や恐れを乗り越え、情熱を追求したのだろうか？

もちろん、それぞれ純粋な才能、ひたむきさ、機会や幸運に恵まれていたけれど、それ以上のものを持っていた――あなた自身が、まだ自分の中にあることに気づいていない何かを。これら伝説的なアーティストたちは、なぜ自分が創るのかよく知っていた。

彼らは自分を突き動かすもの、目的、ゴール地点を意識していた。彼らの多くがその「なぜ」について語り、物事の本質を見抜く文章を残した。動機を理解することこそ創作のエネルギー源で、あれほどの高みに達したのもそのおかげだ。動機の理解と、そこから生まれた創造的なエネルギー……生産的で、パワフルで、幸福な数え切れないほどのアーティストたちに共通する資質だ。

つまり創造性を高めて潜在能力を最大限に発揮したいなら、まず自分が創作する動機を突き止めよう。

アートに関心がある学生でも、一度は成功してキャリアの次の一歩を探っているアーティストでも、サックスを吹いたりパステルで風景画を描いたりするのをやめなければよかった（昔は大好きだったのに！）と思っている団塊の世代でも、生まれてはじめてキルティングやジャズダンスにおずおずと手を出した定年世代でも、自分がどうしてアートに関わりたいのか理解するのにはちゃんと意味がある。自分の弱さや自滅的な傾向を認めることにも意味がある。

こんなふうに考えてみてほしい。人生のほとんどの局面では、人間は自分が「なぜ」それをするのか比較的よく知っているはず。ところが「何かを創る」ということになると、ほとんどの人はなぜそれが自分にとって大事なのか考えようとしない。ただ、そういうものだと思っているだけだ。アートは生きるために必要不可欠なものではない。誰もあなたに詩人や画家やテレビゲームのプログラマーになるよう迫ったりしないし、たぶん気づいているだろうけれど、創造性を追求することは確かな収入の道とは言いにくい。それでも歴史を振り返れば、人びとは困難のなかでもアートに対する情熱を絶やさずにきた。それほどの熱意には何か理由があるはずだ。

創造的に自分を表現したいというあなた自身の欲求が、その答えのはずだ。毎晩ソファにもたれ、目下最終シーズンの連続ドラマをのんびり観ていることもできる（それが悪いと言っているわけではない）。なのにあなたは、何かに呼びかけられて皮膚がむずむずするような気がして、日記に手を伸ばして小説の構想を書きとめ、学芸会で上演される劇のオーディションを受け、自分でデザインした複雑な柄のマフラーを編み、力強いメッセージをこめたフェミニズムの歌を作る。

アートをやりたくてむずむずしている皮膚をひっかくくらい、気持ちがいいことはないだろう。でも評判にならなかったり、誰にも理解されなかったり、チケットの売れ行きが悪かったりしたらいらいらするし、エゴに傷がつく。

そんなときは誰だって落ち込むし、世の中がいやにもなるし、プロジェクトを先に進めるのも難しくなるはずだ。とりあえず作家には書けない状態をあらわす「ライターズ・ブロック」という言葉がある。けれど袋小路に入ってしまったという感覚は、どんなタイプのクリエイターにも共通しているはずだ。

だからこそ、なぜ自分は創るのか——自分の動機、モチベーション、出発点を知り、反対に創造的な思考の邪魔をする不安や自分の癖を知っておけば、挫折を乗り越えて本当にやりたい想像力に満ちた仕事をするとき役に立つ。難しい局面を切り抜けたときの安堵と満足感（「ああ、できた」というあの感覚）が味わえるのなら、生みの苦しみにも意味があるというものだ。

クリエイターの五つのタイプ

さあ、ここからが本番だ。自分のクリエイターとしてのタイプを見極めよう。その人にとっての最大の動機をもとに分けた、五つのタイプということだ。タイプ分けについては、わたしが自分のセミナーのために行った幅広い調査から考えついた。わたしはエマーソン大学で〈創造性の分析〉という講座を担当していて、「なぜ人は創作するのか」という根源的なテーマを追究している。見たところ世の中の同種の本のほとんどは、アーティストはどうやって創作するのか、という点にばかり関心を寄せていて、なぜするのかという点には触れていないようだ。「なぜ」こそ本当に大事だというのに！　そこでアーティストや作家自身が個人的な動機についてどう語っているか、わたしは自分で調査に乗り出した。

学生たちの講座への反応を見るかぎり（幸いにも熱心に反応してくれている）、わたしは何かを創りたいと思う人間にとって大事なものを提供できているようだ。過去と現在の偉大なアーティストについて調べるなかで、彼らに共通する動機があり、五つのタイプに分けられることに気づいた。こうしてクリエイターのタイプと、この本が生まれた。

クリエイターのタイプについて読み、自分のタイプを突き止めることで、アートを通して自分を発見するあなたの道は楽しいものになるだろう。SNSを使って自分にそっくりなフィクションの登場人物を探したり、自分は〈ハリー・ポッター〉のホグワーツ校のどの寮に入れられるのかを調べた経験があるなら、この種のタイプ別分類のおもしろさを知っているはずだ。研究や実例にもとづいたタイプを知ることには、一生もののリアルな価値もある。

ではクリエイターのタイプを先にちらりと見てしまおう。

あなたはどのタイプ？

・トップスター
・職人
・ゲームチェンジャー
・繊細な魂
・活動家

トップスター。トップスターはエゴを満たしたがっている。それは悪いことではない――エゴは強力かつ無視できない動力源なのだから。トップスターは注目の的になりたがる。観客の心に強い印象を残し、その見返りとして拍手や敬愛の念を受けたいと思っている。それを糧《かて》に生きているのだ。名声や富を夢見ていて、実際手に入れることもある。仮に自分は永遠に生きられないとしても、自分の名前や小説、絵、歌、映画は残ってほしいというのがトップスターの願いだ。

職人。職人にとっては創造的であること自体が見返りだ。創作のプロセスに大きな喜びを覚え、作業にのめり込むあまり時間や場所を忘れてしまう。正しい韻や筆さばき、タップのテクニックを習得することくらいうれしいものはない。自分に影響を与えた過去の偉人を崇拝し、同時代のアーティストとのコラボレーションにも前向きだ。好きなことをして生きていけるのに感謝している。

ゲームチェンジャー。ゲームチェンジャーはアート界に新しいものを生み出し、人びとをあっと言わせることを生きがいにしている。トップスター並みのエゴと職人並みのひたむきさを合わせ持つタイプだ。境界を超え、伝統を踏みつけることくらい好きなことはない。彼らは先駆者で、誰に理解されようがされまいがその姿勢を守り続ける――批評家や観客はいずれ追いついてくるだろう。ゲームチェンジャーは個人主義だけれど、運動のリーダーやマニフェストの作成者としても能力が高く、過去のアートに宣戦布告し、もっと豊かな未来の可能性を示す。

繊細な魂。このタイプは豊かな感情を創造的な活動に注ぎ込む。その感性の深さと鋭さはアート活動と切っても切り離せない。繊細な魂はアートを使って自分自身の歩みや経験を振り返り、意味を見出し、ある種のカタルシスを得ようとする。創造性のおかげで深すぎる孤独から救われることもあるだろう。彼らのアートには誰かの人生を変え、元気づけ、慰め、癒す力がある。

活動家。活動家は創造性によって世界を変えようとする。いつもやる気満々だ。どこを見ても正さなければいけないあやまちが目に入り、アートを使って貧困を撲滅《ぼくめつ》し、公民権運動を広め、戦争を終わらせようとする。ふわふわしたラブソングを歌ったり、可愛い写真を撮ったりしているだけでは満足できない——とりわけ世界が、こんなにでたらめな状態にある今は。政治的なアートを作るためなら批判されても気にしないし、場合によっては自由が危険にさらされるのも恐れない。

五つのタイプに目を通したところで、そのうちひとつにピンときて「それが自分だ」と思っただろうか。あるいは自分のなかにちょっとずつそれぞれの要素があり、ひとつが飛び抜けて多いことに気づいただろうか。少し前はそのうちひとつがぴったり当てはまったけれど、今は別のタイプだと感じているかもしれない。どの感じ方も間違ってていない。

この本の道筋

これから先のページでは、五つのクリエイターのタイプが詳しく説明されている。一章につきひとつのタイプ。注意してほしいのはどのアーティストのタイプもちょっぴりずつ笑いの種にされていることだ。

本書はあなたの質問に答え、テーマについて考え、ひょっとしたら向き合わなければいけなくなる挫折への対処について記したものだ。創造性に関する研究者や精神科医についても触れている。伝説の芸術家、パブロ・ピカソ、シルヴィア・プラス、フランシス・フォード・コッポラ、ビヨンセ、リン・マニュエル・ミランダといった人びとも登場する。これらのクリエイターはあなたによく似た特徴と傾向を持っているので、何をするべきか（同じくらい大事なことだけれど、何をしてはいけないか）、自分のタイプに合わせて学習できるはずだ。彼らのインタビュー、エッセイ、日記、手紙からヒントやアドバイスをもらおう。折に触れてわたしも飛び入りし、講師およびコラムニストとしての経験談を紹介させてもらう。

本書を読めば創造性を活発にする方法（ものづくりを後押しする考え方やエクササイズ）について理解でき、自分のいいところを伸ばしつつ、欠点をコントロールする方法もわかるだろう。性格診断も用意されているから、自分のアート面での動機が発見でき、何より大事な問いへの答えも見つかるはずだ。あなたのクリエイターのタイプは何だろう？

さあ、始めよう。序章を読んで、自分にとっていちばんピンときた章を開き、順に残りの章を読み、あなた自身やアート仲間、将来のコラボ相手やライバルの意外な一面について学ぼう。もちろん頭から読んでもいい（あまのじゃくな「ゲームチェンジャー」のあなたは、後ろから読んでもいい）。「終章」にはすべてのクリエイターのタイプにあてはまる描写やエピソードが載っている。

どんな読み方をするにしても、楽しみながらあれこれ考え、何より自分のアーティストとしての特質に気づいてほしい。そうすれば創造性豊かな人生を歩むことができるはずだから。

第一章

トップスター

――喝采、賞賛、名声、永遠の命を求める人たち後世に名を残すのは王と犯罪者と芸術家だけだ。

――エリック・ボゴシアン〈穴の開いた心臓〉

想像したことがあるだろうか。全国各地を訪れ、満場の聴衆を前にデビュー作を朗読するあなた。手もとにあるのは〈ニューヨーク・タイムズ〉の高名な書評家に「深みがあり」、なおかつ「極上の味わい」と賞賛された小説だ。あるいは美大であなたのことを「まるで才能がない」と評した指導教授が、有名な美術雑誌の表紙を飾るあなたの絵〈とある林檎、とある欲望〉を目にするところ。おまけに指導教授はフェイスブックに、あなたに素質があるのは最初からわかっていた、とコメントするのだ。あるいは新世代のメリル・ストリープ（またはビヨンセ、マーティン・スコセッシ、J・D・サリンジャー……）として脚光を浴びるあなた。

そんなあなたはきっと「トップスター」だ。

トップスターが創る理由

トップスター、またはその傾向をもつあなたはものを書いたり、踊ったり、監督をつとめたり、映画を撮影したりするのが好きだ。作曲もしたいし、ありとあらゆるアート活動に手を出さずにはいられない。たいていの場合、それはエゴを満たすためだ。もちろん、何の問題もない。力強く健康的なエゴなしで生きていける人間なんていない（時には迷惑と言われるけれど）。ではこれから挙げる創作の動機が自分にあてはまるかどうか、ちょっと考えてみてほしい。

創作するのは身近な両親や恋人、子どもに誉められるだけでは満足できないから。バレエ教師に「プリマになるには太りすぎ、背が低すぎ、胸がありすぎ」とねちねち言われたから。ブルース・スプリングスティーンが三時間もロックを演奏するのを見て「自分もぜったい舞台に出る」と思ったから。自分が見て、感じて、考えていることを、まわりの人間にわかってほしいから（「当然じゃない」と思っているかもしれないが）。四歳のとき、あなたのジョークにお母さんが笑ってくれたのが忘れられなくて、何度でもその気分を味わいたいから。生きる喜びを感じたいから。死んだあともみんなの記憶に残りたいから。生まれつきの才能があって、それを世界と分かち合うのはあなたの義務だから。神の役割だって演じたいから。

トップスターの横顔

トップスターのエゴを甘く見てはいけない。それは「わたしはここにいる、わたしは価値がある」と大声で叫んでいる。「わたしは考えたり、信じたり、観察したりする。解釈したり、絵を描いたり、文章を書いたり、歌ったりすることもある。それは、わたしに価値があるから」

自分は世界と分かち合うべき価値ある何かを持っている、と「図々しくも」信じることができるあなたはトップスターだ。光り輝く何か、世間をあっと言わせる何か、感情に訴える何か、まったく新しい何か。あなただけが伝えることのできる何か。

トップスターは自分のアートを世界に差し出さずにはいられない。森のなかで木が倒れる音を誰も聞かなかったとしたら、木は存在しないのと同じだ。未発表の原稿を引き出しにしまいこんだり、地元の素人劇団の一員として〈欲望という名の電車〉の準主役を演じたりするのは、別の誰かにやらせておけばいい。トップスターはそうじゃない。目指すのはブロードウェイだ。

トップスターならよくわかっているように、人一倍エゴがないアーティストはツインターボエンジンを搭載していないスポーツカーのようなもの。それでは走れるわけがない。それでは、わたしは走れない。

壮大な未来図を描いていたり、果てしない野心を持っていたり、「いつかわたしが」と心のなかで唱えていたりすることを、引け目に思う理由なんてひとつもない。

トップスターは十人十色だ。まわりの鼻つまみ者もいれば、神々しいほどのカリスマ性の持ち主もいる。世間に認められないとやっていけない人間もいれば、観客に自分のすべてを捧げたいという人間もいる。多作な人間もいれば、いきなり傑作を生み出し、あとは駄作に終わる恐怖から何も創れなくなってしまう人間もいる。でもみんな同じなのは創作のプロセスより、できあがった作品に重きを置くところだ。作品こそ栄光なのだから。

ただし結果を出すことへのエゴが強すぎると、いばらの道を行くことになりかねない。なかなか新しい作品を生み出せなかったり、一時的にアイデアが枯渇したり、観客に飽きられたりすることだってあるはずだ。そうしたら、いったいどうなるのだろう？　巨大なエゴほど空気が抜けるのも簡単だ。復讐したい、ライバルに嫌がらせをしたいという負の感情にとりつかれて、創作の目標を見失ってしまうかもしれない。

トップスターいろいろ

トップスターには、野心をそっと胸に秘めているタイプもいる（親しい友人でもあなたがトップスターだと言うとびっくりするはず）。反対にその場を圧倒し、部屋の酸素をひとりで吸いつくしてしまうタイプもいる。もしあなたがそうなら、ライブの観客くらい最高の相手はいないだろう。観客のエネルギーと、いっせいに向けられる興奮した顔には胸が躍るはずだ。ひょっとしたらあなたは人間の感情を操ったり、自分の望むことを信じさせたりするのが好きかもしれない。ひとくちにトップスターといっても、いろいろなタイプがいる。

トップスターの分布図

まっすぐ横向きに置かれた「エゴイズムの物差し」のあちらこちらに人間が立っているところを想像してみてほしい。左に寄るほど謙虚な雰囲気のトップスター、右に寄るほど自信家のビッグマウスだ。

アーティスト診断テスト

トップスターを名乗るあなたへ

❶ こんな場面を夢見たりする——ひとりきりでスポットライトを浴びる自分。客席はスタンディングオベーションの嵐で「ブラボー」の声が飛び、劇評は軒並み大絶賛。追っかけがあらわれ、SNSには何百万人もフォロワーがつき、ドキュメンタリー番組が撮影され、ついでにお金もどっさり入る。

❷ ものを創ったり、パフォーマンスしたりしているときがいちばん楽しい。

❸ 「ふつうの」役者や画家、作家ではなく「スター」になりたい。

❹ 「たいした才能もないくせに」、「アーティストになるのは無理だろう」、「アートじゃ食べていけないよ」こんなことを言った相手を見返してやりたい。

❺ みんなが死ぬほど笑ったり、そっと涙をぬぐったりして、人生が変わってしまうくらいの作品を創りたい。あるいは演じたい。

❻ 何十年、いや何世紀経っても、わたしの人生と作品が語り継がれるようであってほしい。

❼ わたしには天から与えられた才能がある。

❽ 競争は自分の創造性に火をつける。

❾ 創作のプロセスもいいけれど、結果はもっと大事。

❿ 作品に命を吹き込んだり、架空の人物を思いのままに動かしたりして「神」の役割を演じるのが好き。

⓫ いつまでもカルチャーの中心的存在でいたい。

答えのほとんどが「イエス」だったら、あなたはトップスター。「イエス」が2つ3つしかなくても、素質は大ありだ。さあ、先を読もう。

人気歌手のアデルがいるのは、たぶん左のうんと端だろう。ステージでは強烈な存在感を発揮して、観客の憧れのまなざしを一身に受けているけれど、二〇一七年のスーパーボウルのような注目度の高いステージを断ったりするからだ（アデルいわく、スーパーボウルのハーフタイムショーは音楽とは別もの）。おまけに自虐的なジョークが得意で、極度のステージ恐怖症らしい。そんな性格の人間は、自分のエゴの状態を冷静に見つめることができるし、注目を浴びるのが好きないっぽう、それなしでも長いことやっていける。でもトップスターが全員そうだとはかぎらない。

二〇一一年、アデルは声帯のポリープを除去する手術を受けて、何週間も歌を歌わないよう医者に命じられた。歌どころか、しゃべるのも禁止だったという。その翌年、今度は男の子を出産して、子どもの世話をするからしばらく表舞台には出ないと決めた。ステージやレコーディングの誘いがあっても断りつづけた。アデルが歌姫風の振る舞いをすることがあるだろうか？　ホテルの部屋に文句をつけたり、コンサートツアーの最中、楽屋のアイスバケットに超高級酒のボトルが入っていないと癇癪《かんしゃく》を起こしたりなんて聞いたことがない。

物差しの右端に位置するアーティストの代表格は、ラッパーのカニエ・ウェストだ。たぶん誰が見てもそうで、エゴの強いアーティストを挙げるよう学生たちに言うと必ず名前が出る。ウェストはつねに注目の的になりたがることで有名で、それどころか自分をスティーブ・ジョブズや〈プラダを着た悪魔〉の編集長のモデルになったアナ・ウィンター、ミケランジェロといった偉人と比較している。六枚目のアルバムのタイトルは〈イーザス〉だ（何を意味するかはご想像通り）。カニエ・ウェストがトップスター的な強い個性の持ち主なのは間違いない。そんな性格だからこそ、同世代のミュージシャンのなかでも断トツの成功と人気を手にしている。

あなたはどれくらい注目されたい？　トップスターの分布図のなかで、自分をどのあたりに位置づけるだろう？

◎クリエイティビティ（創造性）を育てる：自分のタイプを見極める

あなたはどれ？（複数でもＯＫ）

・自虐タイプ（謙虚とみせかけて自信あり）
・歌姫（説明しなくてもわかる）
・観客たらし（観客とかわすのは愛の言葉）
・ひそかな「加害者」（観客をどこまでも操りたい）
・選ばれし者（わたしの才能は天からの授かりもの）

・競争型（ライバルの存在が創造性に火をつける）
・コントロール魔（登場人物をチェスの駒のように動かす）
・ダースベイダー型（弟子が師匠になる）
・復活の神（いつまでも中心的存在）

観客たらし

トップスターの場合、いちばん興味を惹かれる創作のジャンルが（そしてどのくらい観客の反応を得られるかが）、そのまま自分のいちばん必要とするものをあらわしているはずだ。自分自身を理解するのは、ただ好奇心を満たすためではない。肌に合った創作のジャンルとキャリアを見つける手がかりになるかもしれないのだ。

もう少し言うなら、アート表現には三つのタイプがある。①その場で観客の反応が得られるタイプ（ライブパフォーマンス）②観客はいるけれど反応には時差があるタイプ（本、絵画、映画など）③観客のいないタイプ（引き出しの奥にそっとしまいこまれる小説。トップスターには考えられないだろう）

では①と②のどちらを追求する人間のほうが、よりエゴを満たされたいと思っているのだろうか。俳優という例で考えてみよう。一見したところ舞台よりも映画俳優のほうが、エゴが強いといえそうだ。「映画スターらしいルックス」の持ち主で、スターダム、華やかな生活、ツイッターのフォロワー五千万人といったものを求めているように見えるからだ。

いっぽうで観客の生の反応に触れているのは舞台俳優だ。笑い声、すすり泣き、拍手、スタンディングオベーション、ヒューヒューという口笛。さあ、どちらがよりエゴが強いだろうか？

あるとき女優スーザン・サランドンが〈ザ・テレグラフ〉のインタビューに応えて、映画と舞台の違いを大胆に語った。「マスターベーションとセックスの違いみたいなものよ。映画に出ているときはほぼ自分ひとりだけれど、舞台では観客と関係が持てるの」そんなふうに考えたことがあるだろうか。サランドンの発言には説得力がある。エゴを満たすために観客とその場でつながりたい、という多くのパフォーマーの欲求を言葉にしたらこうなるのだろう。

〈ニューヨーク・マガジン〉のインタビューで、女優のグレン・クローズは役者と観客の関係をこんなふうに表現した。「いい雰囲気の劇場は分子レベルでわたしを揺さぶるの。自分のまわりにエネルギーのオーラが生まれて、観客とのあいだを行き来する感じ。生の舞台を見たら自分の中身がちょっと変わったような気分になるはずよ」

たぶんパティ・ルポーンも、観客とのそんなつながりを強く求めている女優だ。テレビドラマに出た回数は数えきれないけれど、はじめてこの世界に夢中になったのはブロードウェイの劇場で、表情豊かな演技で何年間も観客をとりこにしたのだから。ルポーンは観客の前で演じたり歌ったりする緊張感を糧《かて》に生きている（例外は観客がぺちゃくちゃしゃべったり、メールを送ったりしているとき。観客のスマートフォンを取りあげるルポーンの動画は大きな話題になった）。

あるインタビューの途中で〈ナショナル《N》・パブリック《P》・ラジオ《R》〉特派員のスーザン・スタンバーグが、ルポーンの出演するブロードウェイのミュージカル〈ジプシー〉に娘を連れていった友人の話をした。その子は思春期の少女らしく、母親なんてどうでもいいという顔をしていたらしい。ところがルポーンが〈ローゼズ・ターン〉を歌い始めると、母親の手首をぎゅっと握ったそうだ。母親の表現を借りるなら、親子そろって別の世界に飛ばされていたのだ。その話を聞いたルポーンは涙を流した。その子はルポーンのおかげで「ちょっと中身が変わった」くらいではすまない感情を味わったのだ。

ドキュメンタリー〈エレイン・ストリッチ　シュート・ミー〉のなかで、ブロードウェイで一時代を築いた女優エレイン・ストリッチは、パフォーマンスをしていていちばん素敵なのは観客の愛情をもらえることだと語った。トーク番組〈アクターズ・スタジオ・インタビュー〉に登場し、痛々しいほど正直な語りでファンの心をつかんだコメディアンのデイヴ・シャペルも、観客のおかげで続けていけるのだと言っている。シャペルは少し感極まりながら言った。

「剣闘士みたいに舞台に立つのさ……そしてスポットライトが当たる。下を見るとみんなが『ああ……』と言わんばかりに見つめている。おれのことが好きでたまらないんだ。あれは……愛の告白なんだよ。最高の気分だ。だからスタンダップコメディはやめられない」

観客を喜ばせたいトップスターなら、みんな愛情のやりとりに憧れているだろう。どんな手段を使ったらいちばん満足できるか、それを見つけるのが肝心だ。

ひそかな加害者

ただしトップスターだからといって、誰もがそこまで観客とつながることを求めているわけではない。これから紹介するように、別のやり方だってある。

数十年に渡ってニュージャーナリズム、エッセイ、小説、脚本、自伝を書き続けたジョーン・ディディオンは、作家にとっての作家というだけでなく、幅広い読者の文学的スターだ。〈ベツレヘムに向け、身を屈めて〉に収録された〈すべてさよなら〉を読めばその理由がわかるはず）。

ディディオン本人に会うか写真で見たら、あまりに身体が細いのでびっくりするだろう。やつれているとさえ思うかもしれない。でもあの華奢《きゃしゃ》な外見の下には強さが隠されている。一九七六年に〈ニューヨーク・タイムズ・マガジン〉に掲載された〈なぜわたしは書くのか〉という文章のなかで、ディディオンがエゴについて何と語ったかぜひ読んでほしい。ちなみにタイトルはジョージ・オーウェルの不朽のエッセイから取られている。

ディディオンはこう書いた。「あらゆる意味において創作とは『わたし』と主張する行為であり、自分自身を他人に押しつけ、『わたしの言葉を聞け。わたしのようにものを見ろ。考え方を変えろ』と言うようなものだ。それは攻撃的で、敵対的とさえ表現できる行為だ」こんな文章もある。「隠そうと思えば攻撃性はいくらでも隠せる。主張するかわりに親しみをこめて、断言するかわりにほのめかして。それでも紙に言葉を書きつけるのがひそかな加害者の戦術、侵略であり、作家の感性を読者のもっとも私的な空間に持ち込むことなのはごまかしようがない」

作家は加害者なのだろうか？　パソコンの画面の陰に隠れ、本に顔をうずめ、時には正体を知られるのがいやでペンネームを使い、閉店間際にようやく喫茶店の窓際のお気に入りの席を立ち、カフェイン過多で青白い顔をしながら世の中にさまよい出ていく人種が……？

もちろん作家は狙った相手を転ばせたり、小突いたり、殴ったりする学校のいじめ加害者とは違う。噂を流したり、いやみを言ったり、無視したりする意地悪な女の子たちとも違う。人を傷つけたり、侮辱したりしようとするサイバーいじめの犯人とも違う。作家はひそかな加害者だ。作家は巧妙な加害者だ。「消極的に攻撃的」で、自分の感性を無防備な読者に押しつけ、攻撃されたことを気づかせもしない加害者。ジョーン・ディディオンは「聞け、見ろ、読め」と言うのが仕事の論説委員や批評家だけについて語っているわけではない。すべての作家、あえて言うならすべてのアーティストについて語っている。

〈パリ・レビュー〉のインタビューのなかで、ディディオンはさらに自分の視点についてこんなふうに言っている。「他人の思考回路をそうやってねじ曲げようとするのは悪意ある行為です」彼女はその状況を、何の興味もない相手に自分の夢を語る人間になぞらえる。「作家はいつでも、自分の夢に耳をかたむけるよう読者を操っているのです」

小説のラスト一行にたどりついたときのことを思いだしてほしい。たとえばジェーン・オースティンの〈高慢と偏見〉。ベネット家の摂政時代の英国にいられなくなることが悲しくてしかたないのは、いつのまにかジェーン・オースティンに操られていたからだ。〈ザ・ソプラノズ　哀愁のマフィア〉や〈ハウス・オブ・カード　野望の階段〉のようなドラマを観たら、いつの間にか悪役を応援している自分に気づくはずだ。シリーズを通していとも簡単に殺人を犯しつづける男だというのに。ドラマの脚本家に操られたせいだ。

トップスターにとって加害とは反応を引き出す（別の表現をするなら「操る」）ことで、とりわけ観客の感情的な反応を引き出そうとする。実在の画家マーク・ロスコがモデルの演劇〈RED〉のなかで、ロスコは助手のケンを怒鳴りつける。「おれはおまえの心臓を止めるためにここにいるんだ。わかっているのか？　おまえに考えさせるためにここにいるんだ。可愛い絵を描くためじゃない」観客から思いどおりの反応を引き出したい、というトップスターの欲望をうまく表現した台詞だ。

◎クリエイティビティを育てる：「ひそかな加害者」になるには

今、あなたはどんな創造的なプロジェクトに関わっているか、この先やりたいと思っているだろう。では、どうしたらそれを使って「静かな加害者」になれるのだろうか？　たとえばパーキンソン病に苦しむおばあちゃんの短いドキュメンタリーを撮影していて、いずれユーチューブに投稿するつもりのあなたは、視聴者が貴重な情報を得るか、目頭を熱くすることを期待しているはずだ。スタンダップコメディの最中には、観客がお腹が痛くなるほど笑うことを求めているはずだ（痛みを要求するのは真の加害者に近づいているけれど）。テレビ用に書いた脚本の主人公はひどいことや恥知らずなことをたくさんするけれど、あなたは視聴者が彼を愛することを望んでいる。こういった多くのシナリオが、ひそかな加害者の入り口だ。人を痛めつけて罰を受けないという、実生活ではとうてい不可能なこともアートではできる。

やりすぎないようにするためのヒント。自分の意見を主張するなら、理性的なところを見せるため反対意見にもふれよう（そのあと猛然と論破するにしても）。必ず読者のハートを射止めるキャラクターが創りたいなら、お涙ちょうだいにならないよう注意しよう。どんなジャンルのアートでも、さりげなく観客を説得するのと、あからさまなハラスメントは紙一重だ。

選ばれし者

グラミー賞やトニー賞の受賞者が、自分の才能を神に感謝するのは何度も見たことがあるはずだ。いつか自分だって、とあなたは思っているのではないだろうか。わたしの才能は大いなる存在から与えられたもの、と言うのは一見して謙虚だけれど、わたしひとりがそんな特別な力をわざわざ授けられたと言っているのと同じ。これぞトップスターだ。

ソウルミュージックの女王アレサ・フランクリンはこんなことを言っている。「わたしの歌は生まれつきの才能。神に与えられた贈りものを最大限に使いこなしているのよ。わたしは満足している」写真家のロバート・メイプルソープは、超自然的な存在への意識をより強くにじませながら、写真を撮る方法について語った。「写真を撮り、作品を手がけるとき、私は神と手を取りあっている」こんなふうにもだ。「絵を描くとき、私は裸で立っている。神に手を握られ、ともに歌うのだ」一九七〇年代にメイプルソープが人気を集めるきっかけになった同性愛的な写真を「神への冒瀆《ぼうとく》」とみなした人びとは、さぞかし憤慨したことだろう。

そして、またしてもわたしのお気にいりの例。もう一度パティ・ルポーンに登場してもらおう。TV番組〈タイム・アウト〉のレポーターに向かってルポーンは、ぴったりの役があるのにプロデューサーはどうしてわたしに与えようとしないのか、と不満を口にした。「わたしは自分が一流だと知っているわ。傲慢でもなんでもなくてね。四歳のとき、神さまがくださった才能なの」傲慢といえなくもないけれど、説得力はある。

絶対音感にしても、重力を感じさせないバレエのジャンプにしても、あなたも自分は神から才能を与えられたと信じているかもしれない。けれど才能がどこから来たかということよりもっと大事なのは、それをどうしたいかということだ。その才能を使ってどこへ行けるだろうか。

トップスターのポジティブな性質

エゴを受け入れる

一九五〇年にノーベル文学賞を受賞したバートランド・ラッセルは、受賞スピーチで人間の欲望をめぐる四つの性質、すなわち所有欲、競争心、虚栄心、権力欲について語った。たぶんお気づきのように、この四つはトップスターの創作の動機そのもので、なかでもおもしろいのは虚栄心についてのラッセルの言葉だ。「虚栄心には動機としての大きな力がある。子どもと接することのある人間なら、彼らが絶えずいたずらをしては『見て』と言うのを知っているだろう。『わたしを見て』は、人間の心のもっとも基本的な欲求のひとつだ。馬鹿騒ぎから死後の栄光の追求まで、それは数えきれないほどの形をとる」

トップスターのあなたが馬鹿騒ぎを起こさないことを心から願うけれど、ともかくあなたが何歳だろうと「わたしを見て」と思っているのは間違いないはず。別にそれは悪いことではない。自分が主役をまかされるべき人間だとわかっているのだ。

ならばジョージ・オーウェルが〈なぜわたしは書くのか〉というエッセイのなかで、「エゴイズムの極致」を創作の四つの動機のひとつめに挙げているのも不思議ではない（残り三つは「美的な熱意」、「歴史的な衝動」、「政治的な意図」）。オーウェルは自分だけでなく、きっと同業者のことも念頭に置いていたはずだし、その延長線上にはあらゆる分野のアーティストがいたはずだ。オーウェルの定義する「エゴイズムの極致」とは「賢く見られたい、話題になりたい、死後も記憶されたい、子どものころ自分をあざけった大人を見返してやりたい、など」だ。

現代的な印象のある哲学だけれど、実はこれは一九〇〇年代前半、のちにジョージ・オーウェルを名乗る若いエリック・アーサー・ブレアが経験していたことだ。無視され、孤立するのは子どもによっては致命傷になっていたかもしれない。でもオーウェルの場合、つらいけれど意味のある経験だった。子どものころ認められていたら〈動物農場〉や〈一九八四年〉といった名作は生まれていなかっただろう。

オーウェルは人間、三十歳を超えたら自分のために生きるのをあきらめ、夢を見るのもやめて、他の人間に尽くすべきだと考えていた。ただし作家たちはこの原則に反する人種だという。

自撮りする

そのエリート主義はさておき、世界の大半を占める、どうやら静かなる絶望を生きているらしい三十代以上の人間をオーウェルが切り捨てたのを、トップスターは喜んでもいいだろう。何歳だろうと、オーウェルはあなたのことは言っていないらしいのだから。それどころか、どうやら彼はトップスターの自意識を心から称えているようだ。他の人間には「自己中心的」と思われようとも。

エゴを創作の動機にするのは自己中心的なのだろうか。わたしなら自己集中的と呼ぶ（そのほうが響きがいい）。それにアートとはもう名前が売れている場合をのぞいて、あなたが小説を書いたり、映画を撮影したり、ダンスを振りつけたりするのを誰も待ってはいないという厳しい世界なのだ。あなたが自分の情熱を追い求めようがあきらめようが、地球は回り続ける。決めるのはあなた自身だ。それに自分だけのものが創れると信じるには、そこそこの図々しさが必要だ。わたしはいつかスタジアムや、劇場や、画廊を観客でいっぱいにする。わたしの想像力から生まれた登場人物は文学史に名を残す。わたしは不滅の存在になる。何世紀も前に創られて今でも人気のある名画や名曲、あるいは名前を残そうとしのぎを削るすべての同世代のアーティストと競うつもりだったら、トップスターのエゴは大きな強みだ。自己中心的だろうと自己集中的だろうと、エゴイズムはトップスターの強力な武器。さあ、胸を張っていこう。

自伝、身辺雑記、私小説、自画像、スタンダップコメディ、リアリティ番組。何であれ自分自身の人生を作品にしたら、観客が（あなた自身が）新しい視点を見つけるかもしれないし、苦しみを乗り越える方法に気づくかもしれないし、孤独に耐えられるようになるかもしれない（「孤独に耐える」と聞いて胸がうずくなら第四章「繊細な魂」を参照）。そしてあなたにとっては、自分をよく見せる方法でもある。

トップスターはいろいろと経験豊かで、きっと友だちをいつまでも飽きさせない武勇伝だって持っている。自分にはひとつの顔しかないわけではなく、自分というキャラクターを演じているのだと思っているかもしれない。いつもクラス写真の中心におさまっている生徒。等身大の鏡の前でヘアブラシをマイクがわりに、自分の家族についてのおかしなエピソードを語っている人間。いつどこでも自撮りしたいと思っている人間。

トップスターが自画自賛するのは珍しくもなんともない。キム・カーダシアンが自撮りアートを完成させる何世紀も前、オランダ人画家のレンブラントは同じことを、同じ理由でやっていた——自己の発見、芸術性、そしてもちろん知名度アップ。四十年間に渡ってレンブラントは絵画、デッサン、版画などさまざまな方法でびっくりするほどの数の自画像を描いた（約八十点）。そこにはバイタリティあふれる「若い芸術家の肖像」があり、やがて名声によって手に入れた金鎖、刺繍の入ったシャツ、毛皮のふちどりがついたベルベットの外套を身につけた中年の男が、最後には年を取り、より内省的になったレンブラントの姿があった。

絵画史の研究者ジェームズ・ホールは著書〈自画像の文化史〉（未訳）のなかで、大量の「自撮り画像」に隠された自己宣伝の手練手管を暴いてみせる。ホールはレンブラントについてこう語る。「彼は初期の自画像の版画をあらゆる知り合いに送った。おかげでレンブラントの他の作品を目にしたことがない人間でも、彼がどんな顔をしているのか知るようになった。宮廷画家ではなく、フリーで活動する芸術家として、彼は自分自身を売り込むことにいっそう力を注がなくてはいけなかったのだ。自画像を描くのは実態がどうであれ、自分はもう名が売れているとほのめかすことだ」

◎自分の癖と付き合う：無駄に自撮りしないために

主役を張れないトップスターは不幸なトップスターだ。なんとかしてスポットライトを集めよう。コツはレンブラントのように、値打ちあるものを使って注意を引くこと。自分の人生が素晴らしい自伝や劇に値すると思うのなら、自分の身の回りのことばかり語るのではなく、普遍的な価値のある作品を生み出そう。「けっこうすごいね」と言われたことがあるなら、自分の風変わりなところをアートの土台にしよう（ウディ・アレンはそうやって成功した）。忘れてはいけないのは、観客と無期限の契約をしていること。相手にとって意味のあるものを創ってこそ、称賛を得られるのだ。

アートを通して永遠の命を手にする

たとえ肉体は滅びても、絵や歌や詩で死を拒絶できたらどんなにいいだろう。アート作品で何世代もの人びとの記憶に残ることができたら。

子どもや孫、アートはあなたがこの世界に残すしるしだ。わたしは確かにここにいて、わたしのおかげで世界は大きく変わった、と証明するもの。子どもやアートは、他の誰にも創ることができないのだから。

ただしアートに携わる人間がみんなそこまで考えているとはかぎらない。せいぜい創造性を発揮して、作品を認められ、ちょっとお金を稼ぎたいくらいだろう。何世紀もあとまで読まれ、視聴され、耳をかたむけられるアートを生み出したいなんて思わない。

そんなことを考えているのはトップスターくらいだ。

アートは死に反発し、死の前を羽虫のようにぶんぶん飛び、死をあざ笑う。超一流のアーティストのなかに、早すぎる死を遂げた人間たちがいるのは事実にしてもだ。トップスターは自分の一生だけでは満足できず、「この世の煩わしさを脱して」(死を超越した劇作家ウィリアム・シェイクスピアの〈ハムレット〉の一節）からも活動を続けたいと願う。

トップスターの多くは、作品を通して生き続けたいという自分の欲求に自覚的だ。歌手のボブ・マーリーはこう言い放った。「おれの音楽は永遠だ」作家のホルヘ・ルイス・ボルヘスは語った。「作家は死して本となる。転生の種類としてはさほど悪くない」同じく作家のジェームズ・ソルターも言った。「もし人生が形を残すとしたら本のなかだ」詩人兼作家のシルヴィア・プラスも、似たような発見について日記に書いた。「執筆とは宗教的な行為だ。それは使命であり、改革であり、学び直しであり、あるがままの世界と人びとをふたたび愛することである。タイプライターに向かったり、教壇に立ったりするうちに終わる一日と違って、それは決して消えない。文字は残り、それ自身の力で世界を渡るようになる。人びとはそれを読む。人間や哲学、宗教、一輪の花に対するように反応する」

ただし永遠の生命を望むのは、不滅の名声がほしいからだけとはかぎらない。トップスターにとっては、自身の作品に対する強い執着心でもあるのだ。作家、脚本家、劇作家の場合、自分の創った登場人物へのまぎれもない愛着だ。人間の命はかぎられているというのに、作家の想像力から生まれた登場人物たちが永遠に生きているとは妙な話にも思える。でもそれが事実なのだ。

アートを通して不死の生命を得るのも、決して無理難題ではない——とりわけ、ほとんどの作品が記録に残る今の時代では。こう考えてみてほしい。二十二世紀を生きる誰かは、二十一世紀の観客と同じようにあなたの作品をすみずみまで愛するのだ。トップスターにとって、これ以上の話はないだろう。

競争心が強すぎる？

トップスターが競争にのぞむ姿勢といったら、挫折した菜食主義者がステーキの塊に挑むようなもの。その猛烈な食欲ときたら！　たとえ相手が若くエネルギッシュで意欲的な昔の自分自身であっても、トップスターは優位に立とうとする。そしてもちろんアート界の先人や同時代の仲間を相手にするとき、その競争心は最高に燃え上がる。紳士的な競争も、苛烈《かれつ》をきわめる競争もある。ライバル意識がひとりのアーティストの頭のなかだけに存在していることもあれば、「詩の（詞の）ボクシング」になることもある。

よく知られる紳士的な競争で、アーティストがどちらも恩恵を受けた例としては、ジョン・レノンとポール・マッカートニーの作詞家対決がある。マーク・ハーツガードの著書〈ビートルズ〉のなかで、プロデューサーのジョージ・マーティンは両者の関係をこんなふうに表現した。「ふたりの人間が綱引きしているところを想像してみてほしい……たがいに微笑みながら、休むことなく全力で引っぱり続けているんだ。その緊張感がふたりの絆だった」

ふたりの強い競争心なしにビートルズは存在しただろうか（もちろん「ノー」）。他にそういう例がなかったわけではないけれど、ひとつのロックバンドに作詞、歌、パフォーマンス、さまざまな楽器の演奏に優れ、ファンの女の子たちを失神させることもできれば、ウィットとその魅力で全世界をとりこにすることもできる、飛び抜けた才能を持つリーダーがふたりいたのは珍しい。たがいの強烈な個性にくわえて、生まれつきの闘争本能を持つふたりが共存できたのは奇跡だ。

ビートルズが世界的現象になりかけていたころ、レノンとマッカートニーはレノンいわく「鼻と鼻を突き合わせて」作詞した。時が経ち、全面的なコラボのかわりにそれぞれ自分の色を追求するようになってくると、たがいに相手の一歩先を行ってやろうとした。レノンが〈ストロベリー・フィールズ・フォーエバー〉を書くと、マッカートニーはおなじく懐古調の〈ペニー・レイン〉で応じた。

いくつかの曲をめぐる競争はビートルズの枠を超えた。ビーチ・ボーイズの「マッド・ジーニアス」ことブライアン・ウィルソンは、ビートルズのアルバム〈ラバー・ソウル〉に刺激されて、自分自身のスタイルに挑戦するアルバムを作った。そのなかではビーチ・ボーイズの代名詞であるサーファー・ソングよりもっと複雑な編曲やハーモニーが使われていて、その結果がロック史に燦然《さんぜん》と輝く〈ペット・サウンズ〉になる。

それだけではない。アルバムをリリースする前、ウィルソンはレノンとマッカートニーの前で演奏している。ふたりは全曲に耳をかたむけたあと、もう一度最初から聴かせてほしいと頼んだ。すぐさまふたりはまったく新しい曲〈サージェント・ペパーズ・ロンリー・ハーツ・クラブ・バンド〉を書き始める。マッカートニー自身、〈ペット・サウンズ〉にビートルズとしての競争心をかきたてられた、ビーチ・ボーイズの挑戦のおかげでライバルを上回る道筋が見えたんだ、と告白している。つまりロック史に残る三枚のアルバムが生まれた理由のひとつは、競争好きというトップスターの特色だったのだ！

ストリートアートの世界にも競争はあふれている――ただし紳士的とはかぎらないけれど。一九八五年、英国のストリートアートの草分けキング・ロボは、のちにロンドン最古のグラフィティといわれることになる作品を描いた。場所はロンドンのカムデン地区の、ボートでしか行けない運河の壁だった。やがてロボの作品は、アートではなく破壊行為だと英国の役所にみなされるようになり、市内の電車や壁の絵はほとんど消された。でもオリジナルの作品だけは残された。

あるときもうひとりのストリートアーティスト、バンクシーがロボの前に姿をあらわした。話によるとふたりは〈ドラゴン・バー〉という店で出会い、ロボの名前なんて聞いたことがない、とバンクシーは言ってのけたらしい。ロボは相手の顔をひっぱたいた。「へえ、おれの名を知らないっていうのか。もう一生忘れないだろう」

のちに伝説になるこのやりとりをきっかけに、ふたりのアーティストはたがいを挑発しつづけた。ドキュメンタリー〈バンクシー対ロボ　グラフィティ戦争〉のカメラがとらえた通り、バンクシーはロボの運河の絵を一部消してみせ、なかば隠遁状態だったロボを表舞台に引きずり出す。ロボは描き替えられた自分の壁画に手をくわえ、バンクシー画の労働者が「キング・ロボ」という文字を描いているようにみせた。すると三日後、「クソ野郎」という文字が「キング」の横に忽然《こつぜん》とあらわれた。

戦争はロボが怪我をするまで（ある意味ではそのあとも）続いた。ロボはどこか高いところから落ちたらしく、昏睡状態に陥り、結局そのまま四十四歳で亡くなる。意識が戻らないロボにかわってバンクシーはカムデンに足を運び、ロボのオリジナル作品を白黒でコピーした。王冠と「火気注意」の記号、スプレーペイント缶の絵が追加されている。のちに壁画は「チーム・ロボ」のメンバーの手で、ほぼもとどおりの姿に修正された。やがてその絵は剝がされてロボに捧げる白黒作品だけが残されたものの、この本が出ている今、絵がどんな状態にあるかはまったくわからない。

ロボとバンクシーのライバル関係が、たがいを蹴落とそうとし、どちらがより「肉食系」かを争い、露骨に知名度を求めるものだったのは間違いない。それは純粋なアートの動機とはいえないだろう。でもおかげでロボは第一線に復帰してより大きな仕事をやってのけたし、バンクシーの評判も上がった。ストリートアート界におけるトップスターとして、競争は両方にいい影響をもたらした。

あなた自身にとっても、競争心は行き詰まりを打開する強い意思を生み、創造性をもたらし、自信を失っているときの復活のきっかけになるだろう。トップスターにとって競争はモチベーションのみなもとだ。

◎クリエイティビティを育てる：不安に名前を与える

トップスターはいつも自信満々に見える。本当にそうだという人間もいれば、自信の仮面の奥に不安をひそませている人間もいる。作品や自分自身をトップスター式の大胆不敵なやり方で世界に送り出すのは、恐怖との戦いといってもいい。不安を乗り越えるか、最低でもうまく付き合っていくかするには、不安の正体を見極めるのが肝心。トップスターにありがちな不安はこんな感じだ。

- ・エゴの暴走を許してしまう
- ・成功してもそんなに満足できないのでは……
- ・失敗の連続
- ・人気を失う、忘れられる、時代遅れだとあざけられる
- ・ライバルや若手に敗れる

どれが自分に当てはまるか考えたら、あと三つ不安をリストに追加してみてほしい。それからひとつひとつの不安について「では何ができるのか？」を考えてみよう。たとえば舞台監督としての最大の恐怖が、初日の夜に公演が打ち切られることだとしたら、その一度の失敗を受け入れる方法を書き出してみるといい。どうやったら気持ちを切り替えられるだろう。よその劇場で再演するためには、どう脚本に手を加えたらいいだろうか。これ以外の不安に対しても同じ手順を繰り返し、不安の度合いが薄まるのを確かめてほしい。

トップスターの注意点

トップスターのあなたにとって、エゴは自分自身をエネルギーで満たし、虚勢を張るときも頼りになる存在だ。ところが同じエゴが、ほんのちょっとでも注目度が下がることに対してあなたをひどく神経質にさせてしまう。名声がほしいあまり、理想の美をないがしろにしてしまうこともある。トップスターがよくぶつかる困難をいくつか検討し、どんな癖だったらうまく抑えられて、足をすくわれずに夢をかなえられるか考えてみよう。

結果偏重主義

ダンサー兼振付家のトワイラ・サープは著書〈クリエイティブな習慣〉のなかで、読者を深く考えさせる三十三の質問をしている。わたしのお気にいりは二十六番だ。「仕事をするとき、プロセスと結果のどちらを大事にしているだろうか？」学生たちにたずねると、ほとんどが質問をかわそうとして「両方」と答える。けれど答えを迫ったら、そのなかのトップスターたちはたぶん「結果」と言うだろう。

トップスターにとって長きに渡る努力がぞくぞくと実を結び、世間に作品を送り出すときほどエゴがくすぐられる瞬間はない。書店の前を通りかかると、ショーウィンドーのなかに自分の名前が印刷された本が鎮座しているのだ。何週間も厳しい稽古に励み、舞台でようやく最初の台詞を口にしたり、映画館で観客にまじって席に座り、自分の出演する映画を巨大スクリーンで観るときもそうだ。

ダンスのパートナーと呼吸が合わなかったり、規定の文字数に届かなかったり、ここで成功しなければ二度とできないと思い詰めたりして苦しんでいるとき、「やった」という瞬間を想像することはあなたの支えになる。チャンスはまだある。ものを創りたいあなたを導く北極星である「その瞬間」が思い浮かぶなら。

でもトップスターのあなたは気をつけてほしい。結果に執着してもいいけれど、研究によると（第二章「職人」を参照）そこにはデメリットもある。プロセスとはただ「やりぬく」だけで、名声やお金を得る手段だけだと思っていたら、何ひとつ楽しくなくなってしまうはずだ。それにいい仕事をするより成功ばかり気にしていたら、アートにとってもよくない。アートがいちばん大事なはずだ。

◎自分の癖と付き合う：プロセスの楽しみ方を知る

プロセスよりごほうび（称賛、商業的な成功など）に目のないトップスターは、次の質問について考えてみよう。観客の反応、批評家の声、名声を抜きにしたら、あなたはどんなアートプロジェクトを手掛けているだろう？　その質問への答えが出たら、日ごろからピアノを流し弾きしたり、スタジオで好きに踊ったりする時間を作るといい。ただひたすら自分が楽しむために。きっと「アートのためのアート」という幸福を思い出せる。

「大いなる期待」という期待外れ

トップスターのなかには一流じゃなくて超一流にならなければ、脇役じゃなくて主役でなければ、中堅の作家じゃなくてベストセラー作家でなければ満足できないと思い込み、自分にとってベストの選択を誤る人もいる。自分がトップに立つところを思い浮かべたらもちろんやる気が出るだろうけれど、度を超したら体が動かなくなり、何ひとつ創造できなくなってしまう。

あなたはもう何度かそんな罠《わな》に落ちたことがあるはずだ。ちょっと思い出してみよう。「そんな程度のレコード契約じゃ、もう歌なんて歌わない」（ふん、そっちが悪いのよ）と内心毒づいたり、実際口に出してしまったり。「どうがんばってもウェス・アンダーソンのようにはなれないのに、映画を撮る意味なんてない」と、自暴自棄になったり。または「あんなに努力したのに、満席にならなかったなんて信じられない。最近の世の中って、本物の才能が理解できなくなったの？」と、こぼしたり（努力は満点だったのが認められない）。あるいは「どうせ、あたしの人生に誰も興味なんてないんでしょう』と言ってみたり（人気評伝の著者エリザベス・ギルバート、メアリー・カー、シェリル・ストレイドがそんな思考におちいっていたらどうなっていただろうか）。

トップスターのあなた。ここで挙げた思考パターンの陰にあるのは成功への恐怖、失敗への恐怖、あるいはその両方だろう。子どものころから、創造的な活動はあくまで趣味で「ちゃんとした仕事」ではないと言い聞かされてきたせいで、一人前のアーティストだと証明しなければ、と自分を追い込んでいないだろうか。あるいは母親や演劇の教師に、人にはない才能があると言われ、次の超話題作にキャスティングされて当然だと思っていないだろうか。大きすぎる期待と、それが実現しないかもしれないという恐怖のあいだを行き来するのはきついことだ。

シェリル・ストレイドはオンライン雑誌〈ザ・ランパス〉の悩み相談に寄せられたメッセージに返信する形で、トップスターの矛盾した態度にふれている。メッセージを送ってきたのは若い女性で、自分の限界をいつまでも超えられず、理想の作家になれないのではないかと打ち明けていた。ストレイドにはこの女性が、自分に大きすぎる期待をかけて苦しんでいるのがわかった。トップスターにありがちな「目標が高すぎて、自分は低すぎる」という気質だ。

ストレイドの回答はこうだ――最初の小説〈たいまつ〉（未訳）を書く前に、自分は謙虚さというものを学ばなければいけなかった。「わたしは本を書かずにはいられませんでした。たとえそれが平凡な出来に終わるとしても。おそらく決して世の中に出ないにしても。一言一句を暗記するほど憧れた作家たちの足もとにも及ばないにしても。そのときわたしはおごりを捨てて、自分のできる仕事をやっていくしかないと学んだのです」シェリルはこんな素晴らしいアドバイスで回答をしめくくった。「下手くそでもいいから、とにかく書きなさい」

コントロール魔

伝説の映画監督アルフレッド・ヒッチコックはかつて語った。「映画において監督は神だ。彼は生命を創造しなければいけない」トップスターのなかには、自分を神に似た存在だととらえている人間もいる。ある意味でそれは事実だ。創造的な人間は誰しもそうではないだろうか。

ヒッチコックやパブロ・ピカソのように（「スターの履歴書」参照）おれは神だとふれ回ることまではしなくても、きっと神を演じることを楽しんでいるはずだ。とりわけ作家とはそういう人種だ――小説家、脚本家、劇作家、などなど――登場人物を創造し、彼らの運命を決め、あっちこっちへ動かし、間違った結婚をさせ、戦場の最前線に送りだし、幸せを邪魔する困難を山ほど作りだすのだから。

トップスターのあなたは注意すること。自分だけの世界を創りたいというのは、おそらくすべてを完璧にコントロールしたいという、実人生では味わえない他人や社会に対する欲求だ。その気持ちをアートに振り向けるのは健全だとしても、神のようなパワーを手にすることには代償が必要だと思っておいたほうがいい。

マイケル・カニンガムの同名の小説をもとにした映画〈めぐりあう時間たち〉がとらえているのは、フィクションの登場人物を操りたいという一部の作家の恐るべき欲望だ。主人公のひとりは高名な作家ヴァージニア・ウルフで（ニコール・キッドマンが演じてアカデミー主演女優賞を獲得）、モダニズムの古典〈ダロウェイ夫人〉を執筆している。物語の構想を練り、自分が運命を握るさまざまな登場人物について考えをめぐらせながら、ウルフは主人公クラリッサ・ダロウェイへの思いを口にする。「彼女は死ぬの。死んでしまうのよ。そういうことになるの。自殺するんだわ。どうでもいいようなことに悩んで死を選ぶの」やがて観客にもわかるように、それはのちに死を選ぶウルフ自身に対する映画監督の言葉でもある。彼女は一九四一年、コートのポケットに重たい石をぎっしり詰めて、ウーズ川に分け入っていく。

けれど映画の後半、ウルフは光がぱっと射すような体験をする。愛する姉ヴァネッサとその娘たちがロンドン郊外の家を訪ねてきたとき、彼女は物思いに沈んでいる。何を考えているのかと姉に訊かれてウルフは答える。「ヒロインを殺そうと思っていたの。でも気が変わったわ。そんなことはできない。だから他の誰かを殺さないとね」そしてその通りになるのだ。

映画のなかのウルフは、登場人物の運命を決める神のような役割を自然に受け入れていたけれど、ユーモア作家のフラン・レボウィッツは違う。幼いころのレボウィッツは、書くとは神を演じることだと思っていたそうで、〈パリ・レビュー〉のインタビューに答えてこんなことを言っている。「まだ小さかったころ、たぶん五つか六つだけれど、わたしは人間が本を書くことに気づきました。それまでは神が書いていると思っていた。本とは木のような自然の産物だと思っていたのです。母が説明してくれたけれど、わたしは食い下がりました。何を言っているの？　どういう意味？　信じられなかった。心底驚きました。世界中の木を創っている人間があらわれたようなものです。そのときから作家になりたいと思うようになりました。たぶん、神にいちばん近い存在だからです」

創造者を志すのは身の程知らずなのだろうか？　レボウィッツの意見ではそうで、だから罪悪感も生まれるのだという。マーティン・スコセッシ撮影のドキュメンタリー〈パブリック・スピーキング〉のなかで、レボウィッツはこう語っている。「書くことの歴史を通して……手を動かしてものを書いているとき、人間は同時に自分自身にとってよくないことをしてきました。お酒を飲んだり、煙草を吸ったり。ものを書きながら、自分に対して害になることをすることで、たぶん神を演じる自分を罰しているのです」』

誰かの人生にもとづくフィクションを書くという罪の「償い」をしなければいけないというのは、イアン・マキューアンの〈贖罪〉の中心的なテーマでもある。十三歳の少女ブライオニーは姉と求婚者のやりとりを誤解し、自分が見たと思ったものを短い物語に仕立てる。ふたりの愛情と人生をおとしめる内容だ。成長したブライオニーは自分のしたことの意味をよくよく悟る。「小説家はどうやって罪を償うのかしら。結末を決めるという絶対的な力を持っている点では、神と同じなのに」ブライオニーの場合、その答えは過去の罪を償うため一生書き続ける運命を背負うという、いささか皮肉なものとなった。

作家がその強大な力に恐れを抱くのは、ギリシャ神話のイカロスを思わせる。羽根と蠟で翼をこしらえたイカロスの父は、太陽に近づけるなどと思うのは傲慢だと警告する。もちろん若者は太陽に近づき、蠟は溶けて海でおぼれてしまう。

創造するのは傲慢なのだろうか。太陽の近くを飛ぶことなのだろうか。たぶんそうだ。それでも神のような野望（希望にとどまらず）は、トップスターのモチベーションだ。多少眉をひそめられることはあっても、神を演じたところで他人に与える害などほとんどないし、自分だけの世界を創造し、想像の世界に浸り、実人生では悲惨としかいいようがない生死を賭けたシナリオをフィクションのなかで繰り広げることができる。

スターの履歴書　パブロ・ピカソ、その無尽蔵のエゴ

創造性豊かな著名人の多くがトップスター的な気質と傾向の持ち主なのには理由がある。トップスターのなかで鼓動する強烈なエゴは、創造性を発揮するために大事という程度ではない。それは絶対になくてはならないのだ。

ならばその膨大なエゴの貯えを使って、情熱を追い求めよう。ただし強力なエゴが果てしないエゴに化けないよう注意すること……パブロ・ピカソになってはいけない。

ピカソは二十世紀でもっとも多作で影響力の強い芸術家のひとりだ（「ひとり」ではなく「唯一の」かもしれない）。そして長い生涯のあいだに名声を得た。無名のうちに終わるなんてピカソは許さなかっただろう。その巨大なエゴが彼の絵をだめにしたというつもりはないけれど、トップスターで、野心と能力を兼ね備え、それでもいい人だと言われたければ、これから する話を注意して聞いてほしい。

ピカソの成功の一因はトップスターにふさわしく、成功したいという意欲を隠さなかったことだ。一九三〇年代に「パリの眼」と呼ばれた著名な写真家ブラッサイにはこう語った。「成功はきわめて重要だ。芸術家は自分のために創造しろ、芸術への愛のために創造しろ、成功など軽蔑してしまえと言われる。馬鹿な！　芸術家には成功が必要だ。それを糧に生きるためだ

けではなく、とりわけ作品を生み出すために」ただしピカソは、芸術家は己を偽ってはならないとも考えていた。「成功は大衆の好みにへつらう者だけに許されるなどと誰が言った？　私自身は誰に何と言われようと、妥協しなくても成功できることを証明したいと思ってきた」

ピカソの壮絶な成功欲は代償なしにはすまされなかった。彼を直接知る人間や美術史家のあまたの証言によれば、ピカソのエゴ、そして残酷さはとどまるところを知らなかった。著書〈創造者たち〉（未訳）のなかでポール・ジョンソンは、その苛烈なエゴに関する痛快ともおぞましいともいえる逸話を披露している。たとえばピカソは「敵リスト」を持っていて、そこには「二流の」キュビスト、ジョルジュ・ブラックと、彼と親しい人間の名前がひとり残らず記されていた。画家にして「友だち」のアンリ・マティスについては、その気まぐれな芸術をこう切って捨てた。「マティスとはいったい何だ？　倒れかけの大きな赤い花びんが置かれたバルコニーだ」画家で彫刻家、さらに同郷の人間だったファン・グリスは、言葉よりもいっそう大きな被害を受けた。ピカソはグリスを見捨てるようパトロンを説得し、誰も仕事を依頼しないよう画策し、彼が若くして亡くなると悲しむふりをしたのだ。

続きはまだある。ピカソのいちばん有名な愛人フランソワーズ・ジローは彼のもとを去ったあと、ふたりで過ごした日々についての自伝を書いた。ピカソは女性たちを「女神と玄関マット」に分類し、おれの目的は女神を玄関マットに変えることだ、と言い放ったという。ジローにはこんなことも言ったそうだ。「他の男と幸福になるのを見るくらいなら、その女が死ぬのを見るほうがましだ」

ピカソはどうやら他の男が幸福になるのもいやだったらしく、それは実の息子でも同じだった。自伝が出版されると聞いたピカソは、ジローとのあいだにもうけたふたりの子どもクロードとパロマに、二度とおれの前に顔を出すな、と告げた。ピカソは八十二歳で、さすがに性的な能力も失っていたらしく、最後に会ったとき息子のクロードにはこう言ったそうだ。「おれは年寄りで、おまえは若い。おまえが死んでくれたらいいものだ」

極めつけがこれだ。ピカソはあるとき、友人にこう言った。「神は芸術家のひとりに過ぎない……おれと同じだ。おれは神だ、神だ、神だ」これほどエゴに満ちた発言はそうそうできないだろう。

名声、金、異性、作品を通じた不滅の命、芸術の殿堂における永遠の地位。トップスターの多くが望むものをピカソが手に入れたのは間違いない。でも彼自身とまわりの人間はどれほどの代償を支払ったのだろうか。

◎自分の癖と付き合う：エゴを育てすぎない

トップスターのあなた。成功したい、トップに立ちたい、スポットライトを独り占めしたいという自分の思いがときに強くなりすぎるのを素直に認めよう。エゴが暴走しかけていると思ったら「落ち着いて」と自分に言い聞かせること。少し気分がおさまったでしょう。

師を超える

第二章では「職人」がどれくらいアートの世界の先人たちに恋い焦がれ、敬意を払っているか説明する。トップスターだって憧れのアーティストには強い思いを持っているけれど、彼らを超えたくてうずうずしている場合もある。のしかかる巨人を斬り倒さないかぎり「やりとげた」とはいえない、というわけだ。もちろん競争はトップスターの原動力ではあるけれど、ジャクソン・ポロックとパブロ・ピカソのように、ある種の問題を引き起こすのも確かだ。

絵画は長いことヨーロッパの芸術だと考えられていて、二十世紀半ばになってもアメリカ人で有名な画家はあらわれなかった。ピカソが長く黒々とした影を投げかけているなかではなおさらだろう。けれどようやくポロックが登場した。その妻で画家のリー・クラズナーは、夫のピカソに対する感情を、尊敬しながらも競争心を燃やし、なんとか超えようとするものだったと語っている。「あるとき物が落ちる音がして、夫の叫び声がしました。『ちくしょう、あいつめ何ひとつ失敗しない』どうしたのかと見に行ってみると、夫は座って床を見つめていました。そこにはピカソの画集が落ちていました」

伝記映画〈ポロック　二人だけのアトリエ〉のなかで、ポロックはピカソの名を聞くと酔いにまかせて怒りを爆発させる（公平を期して言うなら、ピカソの名前が挙がらなくてもしょっちゅう酒を飲んでは怒っていた）。一九五〇年にはわざわざピカソの人物画を思わせるアクション・ペインティングの連作を描いておきながら、のちに上から塗りつぶしてしまった。高名な画家は、若き画家にそれほど苛烈な影響を与えていたのだ。

それでもポロックは頭角をあらわした。独自のアクション・ペインティングの技法で抽象画の歴史に革命を起こし、アメリカの絵画を世界の美術の一角に位置づけた。一九四九年八月八日、〈ライフ〉誌は四ページの特集を組み、特大の活字でポロックの名前を印刷し、挑発的な問いを放ってその台頭を知らせている。「存命のアメリカ人芸術家のなかでもっとも偉大なのは彼ではないのか？」ここに有力な芸術家がいる、と世界が注目することになった。そしてそれは、ピカソを王座から引きずりおろしたいというポロックの欲望によるところが大きかった。

けれど成功がポロックにもたらしたのは一時の満足だけで、私的な問題、つまり重度のアルコール依存症が解決されることはなかった。結局その酒癖のせいで車の事故を起こし、若い恋人の友人ともども世を去っている。ポロックが一部で言われたようにエディプス・コンプレックスの持ち主で、父親に嫉妬し、出し抜くことを強い動機にしていたのなら、彼の成功は「ピュロスの勝利」（犠牲が多く割に合わない勝利）だったのかもしれない。

憧れの人を超えようとするときもうひとつ考えられるのは、相手がそう快く挑戦を受け入れてくれないというシナリオだ。レディー・ガガとマドンナの関係がまさにそうだといえる。二〇〇八年、ガガがファーストアルバム〈ザ・フェイム〉をリリースすると、批評家や音楽ファンはこぞってマドンナとの共通点を指摘した。マドンナの音楽スタイルやファッション、性的指向を真似したという非難もあった。ガガが〈ボーン・ディス・ウェイ〉を発表したのをきっかけに、ふたりの歌姫は争いに突入する。マドンナやそのまわりの人間は、ガガの曲がマドンナの〈エクスプレス・ユアセルフ〉と酷似していると言った。

ハワード・スターンにインタビューされたガガは、マドンナとの比較を一蹴《いっしゅう》した。「馬鹿みたい。よくあるつまらない比べっこよ。『あの人に取って代わるのだろうか?』『新しい誰それなんだろうか?』『誰それの時代は終わったのか?』誰かさんの王座を狙っていると思われているみたいだけど、そんなどうでもいいものいらないわ。おあいにくさま。あたしには自分の場所があるし、本当は王座なんてちっともほしくない」

マドンナはといえば二〇一二年のワールドツアーで〈エクスプレス・ユアセルフ〉と〈ボーン・ディス・ウェイ〉のマッシュアップを歌い、ふたつの歌の類似点を示してみせた。けちな争いに見えるかもしれないけれど、スーパースターにしたら自分とよく似た若い人間がのし上がってくるのは心中穏やかではないだろう。でもトップスターにとって、それはいつか受け入れなければいけない現実だ。

存在感を失わない

トップスターにとって何よりも恐ろしいのは、存在感を失うこと。とはいえアートの世界は水ものだ。ファッションモデル兼女優のハイディ・クルムはTV番組〈プロジェクト・ランウェイ〉のなかで、業界の仲間たちに釘を刺した。「わかっているとは思うけれど、ファッション界では今日人気があったのに、明日は過去の人ということがあるのよ」残酷だけれど、それはすべてのアートのジャンルに当てはまる——とりわけ若さと流行を売りにする分野では。

あるとき作家のトニ・モリスンは友人のフラン・レボウィッツとさまざまな話題についての対談をおこない、若さと創造性について意見をかわした。レボウィッツは「若さを専売特許にする作家たち」は必ず短命に終わると言い、スコット・フィッツジェラルドを悪しき例として挙げた。フィッツジェラルドは若さにどっぷり浸かり、若さの過剰を描き続けたあげく四十四歳で亡くなっている（もちろん〈グレート・ギャツビー〉くらいの人気作品を残せるなら短いキャリアでもいっこうにかまわない、という意見もあるだろう）。

いっぽう二冊の本で世間に認められ、そのあと何十年にも渡って優れた作品を生み出しているフィリップ・ロスのような作家もいる。ロスは一九五九年に中編小説と短編集〈さようならコロンバス〉で人気を集め、一九六九年に〈ポートノイの不満〉で文学界を照らす光としての評判を不動のものにした。〈ポートノイの不満〉はあちこちの「ベスト小説」リストに名を連ねている。これらの作品の主人公たちは確かに若かったけれど、作者が年を取るにつれて登場人物の年齢は上がり、テーマの範囲も広がった。ロスは何十年にも渡って多数の作品を生み出し、そのうち多くはピューリッツァー賞あるいは全米図書賞といった権威ある賞を受賞して、一部は映画化もされている。そして七十代で自身の代表作を含む小説をつぎつぎ書くという一種のルネサンスを経験し、定年世代の星になった。

それでもロスは存在感を保つのに苦心し、一度ならず筆を折ろうとしては前言撤回し、今の人間はみんな集中力が弱まっているのだから読書はもはや特殊な活動で、ほとんどの人間には見向きもされなくなるだろうとも言っている。つまり長年人気を保つという難題をクリアしている作家でさえ、時代に置いていかれるのではないかと不安に思うことがある。

若さと肉体にキャリアが左右されることの多いパフォーマーの場合、忘れられる恐怖はいっそう強い。二〇一四年の映画〈バードマン　あるいは（無知がもたらす予期せぬ奇跡）〉は、その恐れを生々しくとらえた作品だ。かつてスーパーヒーロー映画〈バードマン〉に主演してポップカルチャー界に君臨したが、その後は鳴かず飛ばず、なんとか名声を取り戻そうとする落ち目の俳優。そんな男リーガン・トムソン（マイケル・キートンはこの役でゴールデングローブ主演男優賞［ミュージカル・コメディ部門］を受賞した）は、レイモンド・カーヴァーの〈愛について語るときに我々の語ること〉をゆるやかになぞったブロードウェイ劇の脚本を書き、舞台監督を務め、みずから主演することでキャリアを立て直そうとする。リーガンは娘のサムに言う。「本当に意味のある仕事をするチャンスなんだ」

返ってきたのは「ジェネレーション・ギャップ」という表現では生ぬるいほどの痛烈な言葉だった。目を剝き、唾を飛ばしそうになりながら、サムは父親を一刀両断にする。「父さんがそんなことをしているのは、あたしたちみんなと同じで、自分が何者でもないと知るのが死ぬほど怖いからよ。わかってる？　父さんはその通りよ。何者でもないの。どうでもいいことでしょ。父さんに価値なんてない。いい加減、わかりなさいよ」

でもトップスターならば、とりわけ団塊の世代のトップスターならば、わかりたくなんてないし、力ずくで引きずりおろされないかぎり舞台の中央を譲ろうとしないものだ。それは往年のハーレムのアポロ劇場を思わせる。一流のタップダンサーで劇場の看板役者の「サンドマン」ことハワード・シムスは「処刑人」という役回りで、下手な役者を舞台から追い立てたり、ステッキで引きずり出したりしていた。残念ながら、追い立てられるのは、三流の人間だけではない。才能ある俳優、バレエダンサー、コメディアンなどにしても、年を取るとその餌食になるのだ。

トップスターにとってはなかなか受け入れられない現実だろう。好きなことをして食べていけなくなるのはもちろん、自分ではどうしようもない現実のせいで表舞台を追われるほど悔しいことはない。長年、成功に慣れていたらなおさらだ。でも、うなだれてばかりいないこと。次の「スターの履歴書」で紹介するように、不可能を乗り越え、長い生命を維持したパフォーマーたちからは学ぶべきことがたくさんある。

スターの履歴書　永遠のパフォーマーたち

世の中には何十年も熱心なファンを引きつけながら、同時に新しい世代のファンを集めているパフォーマーたちがいる。

ルシンダ・ウィリアムズは、一九九八年の〈カー・ウィールズ・オン・ア・グラヴェル・ロード〉で知られるシンガーソングライター。アルバムは大ヒットし、二度目のグラミー賞と世界中の音楽批評家の称賛を手にした。ウィリアムズは派手なスターではないけれど熱心なファンがいるし、ボブ・ディラン、オールマン・ブラザーズ・バンド、トム・ペティ&ザ・ハートブレイカーズとツアーをおこない、二〇〇一年には〈タイム〉上で「アメリカのベスト・シンガーソングライター」に選ばれている。

わたしがウィリアムズについていちばん感心するのは、年を重ね、人生経験の幅が広がるのに応じて、その時点での自分自身を反映させた新しい歌を創っているところだ。ここ最近のアルバムには、愛と欲望についての曲にまじって一曲は心のあり方、あるいは喪失を受け入れることについての歌がある。たとえば愛する父親にして詩人、ミラー・ウィリアムズの死を題材にしたものだ。二〇一四年のアルバム〈ダウン・ウェア・ザ・スピリット・ミーツ・ザ・ボーン〉は、父親の詩に曲をつけた〈コンパッション〉という歌で始まっている。

NPRのインタビューのなかでウィリアムズは「ベテランのシンガーソングライター」と言

われることには少し抵抗がある、と告白した。六十一歳という年を感じることはないし、曲の精度もさらに上がってきているという。「たいていのアーティストは若いうちに最高の曲を生み出して、あとはずるずる消えてしまうものだけれど、わたしは反対みたいね」枯れない創作欲のみなもとは強い意思と、年とともに見えてくる人生の現実だ。「喪失と痛みを経験すればするほど、アートが必要になるの」

そんなウィリアムズも、ボーカリストのトニー・ベネットの長命ぶりにはまだまだ及ばない。本書が出た時点で九十歳のベネットは変わらずヒット曲を出し、コンサート会場を満席にしている。ベネットがある年齢を越えてから、息子兼マネージャーのダニーは若い観客にもアピールするため父親をレイトナイトショーに出演させるようになり、MTVで放映されるミュージックビデオの制作も勧めた。おかげでベネットのキャリアにはふたたび火がつき、新世代の音楽ファンに受け入れられるようになった。何十歳も若いシンガーたちとのコラボレーションもしている。たとえばレディー・ガガとは二〇一四年のアルバム〈チーク・トゥ・チーク〉でコラボし、コール・ポーター、ジョージ・ガーシュウィン、ジェローム・カーン、アーヴィング・バーリンといった有名なジャズ作曲家の曲を演奏した。ガガとベネット、ふたりに言わせれば「ウィン・ウィン」だ。ガガにはボーカリストとして認められたいという気持ちがあり、いっぽうでベネットは大勢の若いガガ・ファンとつながることができた。

ベネットが〈ニューヨーク・タイムズ〉に語ったところによると、引退するつもりなどまるでなく、ピカソ、コメディアンのジャック・ベニー、ダンサーのフレッド・アステアのキャリアにならいたいそうだ。「彼らは死を迎えるその日まで現役だったのさ。創造性があるなら、年を取るにつれて忙しくなる」

ジェーン・フォンダにはベネットの言葉の意味がよくわかるだろう。アカデミー賞を二度受賞した女優、モデル、活動家、フィットネスのカリスマ、作家、ヘンリー・フォンダの娘、ビジネス界の大物テッド・ターナーの元妻。わたしがこの原稿を書いている時点で七十八歳で、ネットフリックスでも一、二の人気を争うオリジナルシリーズ〈グレイス&フランキー〉でリリー・トムリンと共演している。ジェーン・フォンダとして生きていくのは忙しい！　彼女はずっと存在感を失わず、五十年以上、自分自身を上書きしながら走り続けてきた。娘には「カメレオン」と呼ばれているけれど、本人に言わせればただ好奇心旺盛なだけで、その気持ちのおかげで新しい挑戦が続き、結果として何十年も文化の物差しでありつづけているのだ。

フォンダの長い成功の秘訣は、決して後ろ向きにならないという姿勢にある。〈ワシントン・ポスト〉に語ったように、「大事なのはいくつになっても進化できると気づくこと。とにかくそう信じなくちゃ。恐れずに、攻めの姿勢を貫き、なりたい自分になるには何をしなければいけないか知ること」フォンダは自問自答する。「どうしたら好奇心豊かに全力で生きられて、さらに存在感を失わずにいられるだろう？」

同じくメリル・ストリープも、中年以上の女優に対するハリウッドの冷淡さを変えたいと思っている。ことあるごとに「同世代最高の女優」と言われてきたストリープも、五十代に入ると自分の立ち位置を見つけ、ふさわしい役をもらうのに苦労したという。ただし彼女はその苦境を、シリアスなドラマ女優から軽めの役もできる女優に転身するチャンスととらえた。コミカルに描かれるのはだいたい頑固な女性たちだ。たとえば〈プラダを着た悪魔〉に登場する〈ヴォーグ〉の鬼編集長アナ・ウィンター、〈ジュリー&ジュリア〉の人気料理人、ジュリア・チャイルド。〈ヴァニティ・フェア〉のインタビューに答えてストリープは、自分にとって正しい選択をすることの重要性を強調する。「目の前にある時間が減ってくると、誰にも気を遣わず、ただ自分自身でいたいと思うようになるの」

あなたが長くアートの世界に身を置くトップスターで、年齢に対する偏見を振り切るのに苦労しているなら、女優にして才媛（にしてデビー・レイノルズとエディー・フィッシャーの娘）キャリー・フィッシャーに、最後に笑う方法を聞いてみよう。フィッシャーは代表作〈スター・ウォーズ〉のレイア姫役のイメージを半永久的に背負い（手錠でつながれているともいえる）、二〇一五年の〈スター・ウォーズ／フォースの覚醒〉では最初の映画に登場してからほぼ四十年後、図々しくも素顔をさらしたとしてインターネットの一部で叩かれた。残酷なコメントに対して、フィッシャーは短いツイートを投稿した。年を取りつつある世界中のトップスターの指標になる一言だ。「若さは一瞬。歌姫は永遠」

◎長所を伸ばす：存在感を主張する

時代が変わったからといって、少し年を取ったからといって、邪魔者扱いされるのにトップスターが我慢できるはずがない。カルチャーの中心に少しでも長く留まる戦略をいくつかご紹介しよう。

・そこまで年齢が強調されない、舞台裏で活動するジャンルに手をつけてみよう。
・デビューしたてのころ、若くてホットというだけの役を演じたり、そういったキャラクターで売り出したりするのは要注意。
・時が経ったら、舞台の中央から裏方に活動の場を移そう。俳優から舞台監督、ダンサーから振付家といった具合に。
・作家ならもっと成熟したテーマを選び、自分自身を反映する複雑な人生経験を背負った登場人物を創りだそう。
・ジャンルを問わず、若手を指導したりサポートしたりして自分が受けた親切を他人に渡そう。

・何よりも光を浴びている瞬間に感謝して、それを当たり前だと思わないように。

まとめ

トップスターのあなた、またはその傾向があるあなたはとことん野心的で、まわりの評価に敏感で、スポットライトを浴びるときがいちばん生き生きしているはずだ。

強力なエゴを最大限生かしつつ、アート魂を犠牲にしないようにするにはどうしたらいいだろう?

・高すぎるプライドには要注意。エゴは強い動力源だけれど、転落する原因にもなりかねない。
・アーティストの収入は不安定で、名声は水もの。だから最初そのふたつがモチベーションだったとしても、長期間に渡って自分を駆り立てるものは何なのか、よく考えよう。
・加害者になろう。ただしアートの範囲で。
・コラボレーション、または「紳士的な」競争(ビートルズを参照)というものがあるのを覚えておこう。
・結果だけではなく、創造のプロセスを楽しもう。

・あなた自身と、あなたのアートに正直でいよう。商業的なプレッシャーや、人気を失うという恐怖で道を踏み外さないように。

第二章

職人

――一万時間の創造性

この世界で言葉ほど力のあるものをわたしは知りません。
ときどき自分の書いた言葉を見つめて、それが輝きを放つのを待っています。
——エミリ・ディキンスン

あなたはバンドのベーシストだろうか。撮影監督だろうか。ひょっとしたら脚本家だろうか。拍手喝采、賞賛、名声はうれしいけれど、必ずしもスターにはなりたくないあなた。外の世界にそこまで認められる必要はないし、そのために生きているわけではない。創造的な活動さえしていられたら満足だ。

文章を書いていて、自分の気持ちにぴったりの単語が——まあまあや、そこそこ、ではなくてどんぴしゃりの単語が——見つかったとき天にも昇る心地がしないだろうか。

彫刻や編みものにすっかり夢中になって、時間も場所も、まわりの人間の存在さえも忘れてしまったりしないだろうか。

原稿が仕上がったり、映画の編集が終わったりしたらもちろん達成感を覚えるけれど、もう大好きな作業が続けられないので悲しくならないだろうか。

そんなあなたはきっと「職人」だ。

職人が創る理由

職人、またはその傾向を持つあなたにとって、創造的な手段に引き寄せられるのは犬がエサに引き寄せられるようなものだ。どれだけたくさん手に入れても満足できない。生きる糧であり、同時にそれなしでは禁断症状が出る。たぶんあなたは次に挙げる創作の理由に共感するだろう。

創作するのは無から有を生み出すのが楽しくてしかたないから。何度やっても発見は尽きない。アートというはけ口、逃げ道、喜びなしの人生なんて想像できないから。九歳の誕生日に両親からもらったギターが、まるで故郷に帰る船乗りに信号を送る灯台のように、あなたを手招きしていたから。夢中になれて、堂々めぐりの思考から抜け出せる手段を見つけたから。はじめての小説に賛否両論が寄せられ、正直なところ悪い評価には傷ついたけれど、負けなかったし、折れもしなかったから。ぜいたくな暮らしに興味はないから(それはいいことだ。実際ほとんどのアーティストはそんなに稼げない)。自然や人間、尊敬する昔のアーティストの作品が、絶えず刺激を与えてくれるから。アーティストは孤独だといわれるけれど、あなたにとってはそうではないから。コラボレーションが好きで、バンド仲間、演劇仲間、共著者、作詞家と競い合い、刺激を受け、もっとがんばろうという気になれるのだ。

職人の横顔

職人タイプはアートの祭壇に祈りを捧げる。アート以上の神はどこにもいない。

職人のあなたの場合、出版社に送った一篇の詩の陰には百篇もの決して陽の目を見ない詩がある。相性のいい編集者を探すために時間を使うくらいなら、そのあいだも書き続けていたい。

職人を名乗るあなたへ

❶ ギターやピアノの最高のコード進行、最高のアプリのインターフェイス、最高の素材の手触りに夢中になる。

❷ 誰も注目してくれなくても（お金を払ってくれなくても）アート活動を続けたい。

❸ 作業にのめりこんで時間や場所、まわりの人間のことをすっかり忘れてしまう。

❹ 最終的な作品より創作のプロセスが好き。

❺ つつましい生活に満足できる。作業に必要なものさえ手に入れば、立派なマンションや広々としたプール、車が手に入らなくてもかまわない。

❻ 誰に誉められなくても、指導してもらえなくても、情熱を追うなんて無理だと言われても、自分は創造的な活動の道を見つける。

❼ 創造性は99パーセントの汗と1パーセントのひらめきだ。

❽ 先に活動し、自分に影響を与え、道を拓いてくれたアート界の先輩たちには感謝している。

❾ ひとりで活躍するのもいいけれど、たまにはコラボがしたい。

答えのほとんどが「イエス」だったら、あなたは職人。「イエス」が2つ3つしかなくても、素質は大ありだ。さあ、先を読もう。

なぜって、詩を書くことのいちばんの目的は出版されることではないのだから――少なくとも職人にとっては。

自分についてひとつだけ、職人は間違いなく知っている。たとえ見返りがなくても、まわりに存在を認められなくても、自分は好きなことをやっていくのだ――自分の活動が何ひとつ認められなかったとしても。

職人のあなたには大好きな朝がある。目が覚めると何日間も頭を悩ませてきた創造性を要する問題へ、まるで夢のなかでひらめいたみたいにすっきり答えが出ているのだ。あなたはイーゼル、机、あるいはスタジオに飛んでいき、すぐさま作業を始める。身に覚えがないだろうか。

電話が鳴っている？　チャイムが鳴っている？　誰かが肩をたたいている？　そんなこと、仕事に没頭していて気づきもしない。

けれど友だちと安い部屋をシェアしたり、アートの名のもとに経済的な安定を無視したりするのは、二十代のときはかっこよく思えても、四十代になったらそうも言っていられない。ときどき考えずにはいられなくなる。「売名にばかり熱心なあの女が個展を開いているのに、誰もわたしの名前を知らないのはどうして？」

くじけないで、職人のあなた。創造的な活動への真の情熱と、仕事をやりぬく揺るぎない意志という、多くの人間がうらやむものを備えているのだから。

職人タイプいろいろ

なかには自分だけの世界にこもり、まわりの会話など気にもしないで、新しい芝居の冒頭にはどんな照明を使ったらいいか考えているようなタイプもいる。あるいは楽しくやっているようなふりをしながら、本当は家に帰ってギターをつま弾き、印象的な曲を創りたいと思っているタイプもいる。

職人のさまざまなタイプについては次の表を参照。ここから先は、よくいるタイプを紹介しよう。

◎クリエイティビティを育てる：自分のタイプを見極める

あなたはどれ？

・オタク（細かい作業にとことん夢中）
・名人（一万時間の練習を経て名人の域に）

・陰の職人（トップスターと間違われる）
・バックコーラス（スポットライトは浴びないし、名前さえ知られていないかも）
・中毒者（クリエイティブな作業でハイになる）
・秘蔵っ子（アート上の先輩たちを崇拝する）
・相手役（コラボレーションが好き）
・親のすねかじり（アートの収入がなくて家賃が払えない……いつか払えるようになるはず）

オタクの逆襲

ほんの少し前まで、オタクと呼ばれるのは名誉なことではなかった（わたしの子ども時代はそうだった）。でも今ではすっかりかっこいい称号だ。細かい作業にのめりこむ職人にとっては朗報だろう。創造性を要する仕事の出来を左右するのは注意力と、新しいテクニックを完璧に習得する意欲。さあ、職人のあなた、堂々とオタクを名乗ろう。

細部まできちんとやることで有名なふたりの超一流アーティストは、あなたにとっていいお手本になるはずだ。彼らは病的だよ、と言う人間もいるかもしれないけれど。

著名なギタリストたちは誰もがU２のジ・エッジと、その革新的なテクニックを尊敬している。ロック界でもあんなふうにエレキギターを鳴らせる人間は他にいない。ドキュメンタリー〈ゲット・ラウド ジ・エッジ、ジミー・ペイジ、ジャック・ホワイト×ライフ×ギター〉のなかでU2は、オタク的にギターにのめりこむきっかけになったギターのディストーションをどうやって発見したか語っている。「おれは夢中になって演奏しながらも、返ってくる音を聴いて、自分が出していない音を拾っていたんだ。まるで二台のギターで弾いているようだった。まったく同じ曲を演奏しているのに、ちょっとだけ音が歪《ひず》んでいるんだよ。その新しいテクニックの使い方がいくつも思い浮かんだ。すると世界ががらりと変わった」

ディストーションはジ・エッジが若いころ発見したテクノロジーのひとつに過ぎない。実のところU2のメガコンサートツアーでは、少なくともそのうち一回は、一曲に登場するサウンドが別のどの曲にも登場しないということがあった。ジ・エッジの果てしない実験精神のおかげだ。彼は絶対にそれ以外のやり方をしようとしなかった。〈ギター・ワールド〉に語ったところによると「お笑い芸人が同じネタを何度も言いたくないのと同じさ。おれたちは同じ曲を同じやり方で弾くのがいやなんだ」。

病的なほど細部にこだわりを見せるもうひとりの職人肌のアーティストが、ダニエル・デイ＝ルイスだ。もともとリアリティを重視する「メソッド演技」の俳優として有名だけれど、ひとつの役に徹底して入り込むそのやり方にはそれでも驚かされる。「映画はカメラが回り出すときに始まるのではない」と、デイ＝ルイスは〈ザ・テレグラフ〉に語った。映画〈マイ・レフトフット〉で脳性麻痺の実在の作家兼アーティスト、クリスティ・ブラウンを演じるにあたっては、脳性麻痺の治療施設で約二カ月過ごしたという。そこではブラウンと同じように話し、左足で絵を描く方法を学んだ。撮影中は役柄通り、車いすから立とうとしなかった。クルーが彼に食事を与え、セットのケーブルの上を移動するのを手伝った。

〈ラスト・オブ・モヒカン〉でホークアイを演じたときはカヌーを造り、斧を使って戦い、動物を狩って皮を剥ぐ方法を身につけた。どこへ行くにも十二ポンドのフリントロック式の銃を抱えていたという。スティーヴン・スピルバーグの〈リンカーン〉に主演したときは、自分のことを「大統領」と呼んでほしいと言い、「エイブ」とサインし、撮影現場を離れてもリンカーンの癖をまねてしゃべった。そこまで打ち込んだからこそ、アカデミー主演男優賞を三度も受賞できたのだろう。

名人

職人タイプに中途半端な人間はあまりいない。ひとつのアートに関わったら、その道の専門家になりたいと思い、そのために喜んで時間を費やすからだ。やがて成功するには予想よりずっと時間と練習が必要なのがわかってくる。

マルコム・グラッドウェルは〈天才！　成功する人々の法則〉のなかで「一万時間のルール」を広めた。どんなスキルでも一流の専門性を身につけるには、正しいやり方で一万時間ほど練習することが肝心だという。グラッドウェルいわく、ビートルズはドイツのハンブルクにあるストリップクラブで一九六〇年から一九六二年末までライブをやり、経験を積んだ。それまでは地元リヴァプールのクラブで得意な曲を一時間ほど演奏するくらいで、聴衆も見知った顔ぶれだった。ところがハンブルクでは一年半ちょっとで二百七十回のセッションをおこない、五時間ぶっ続けで演奏することもあったという。新しい素材を消化し、言葉の違う異国の観客をとりこにする方法も考えなければいけなかった。音楽史家のフィリップ・ノーマンも〈シャウト　ザ・ビートルズ〉にこう記している。「（ハンブルク以前の）彼らはまるで素人だった。だが帰国したとき、彼らのサウンドは他の誰とも違っていた。ビートルズはあの地で作られたのだ」

一年ほど経った一九六四年二月、そろいのスーツとマッシュルームカットで〈エド・サリバン・ショー〉に出演したビートルズには、既に千二百回近いライブの経験があった。ほとんどのバンドがキャリアを通して演奏する回数より多い！

はじめから才能があった？　まあ、確かに。でもビートルズの場合、並はずれた素質にたゆみない練習が加わって、あの域に達したのだ。

職人のあなた、自分はどうか考えてみて。きっとあなたはまだ四歳か五歳のころ練習を始めて、神童だと言われていたはず——誰よりも上手に絵が描ける子ども、クラスメイトが夢中になるような物語を考えつく子ども、マイケル・ジャクソンのムーンウォークを軽々とやってのける子ども。生まれつきのアートの才能は明らかだった。それでも、そのあと何年も（ひょっとしたら何十年も）スタジオで過ごしたり、ラップトップパソコンに向かったり、ダンスフロアで練習したりしたことで、今の自分になったか、これからなろうとしているのだ。

陰の職人

トップスターらしく派手に生きているアーティストでも、実はそこまでトップスターではないということがある。そんな人はもしかしたら陰の職人かもしれないし、少なくともそういう資質をじゅうぶん持っているのだ。あなたなら気持ちがわかるのでは？ あなたは印税で海辺のコテージを買うというトップスター的な夢を持っていて、シャイだ、遠慮がちだと言われたことは一度もないし、そんなにやっていないふりをしながら実はSNSにしょっちゅう投稿している。でも真の職人にふさわしく、本当に楽しいのは創造的な作業をしているときだ。

わたしのことだと思うあなたは、ローリング・ストーンズのギタリスト、キース・リチャーズと共通点がある。

リチャーズと聞いてまっさきに思い浮かぶのは、大酒飲みでドラッグや煙草をやり、ろれつが回らず、無駄口ばかり叩くむさ苦しいロックンロールの元悪ガキだろう。でもリチャーズの話を聞いていると（話の中身が理解できるとして）、彼はただブルースを心から愛しているのだとわかる。

一九六一年のある日、電車に乗っていたリチャーズは、ふと幼なじみのミック・ジャガーが二枚のアルバムを抱えて立っているのに気づいた。〈ベスト・オブ・マディ・ウォーターズ〉とチャック・ベリーの〈ロッキン・アット・ザ・ホップス〉。映画〈カサブランカ〉の台詞を借用するなら「美しい友情の（新たな）始まり」だった。そしてふたりをはるかに超えた大きなうねりが起きた。リチャーズがドキュメンタリー〈キース・リチャーズ　アンダー・ザ・インフルエンス〉で語ったところによると「あの手の音楽を聴いているのは、イングランド南東部ではおれだけだと思っていた」。自分が間違っていたと知って、リチャーズは大喜びした。

ブルースへの情熱という共通項のおかげで、ジャガーとリチャーズは歴史に残るロックバンドを結成することになる。バンド名はマディ・ウォーターズの〈ローリン・ストーン〉から取ったし、二枚のアルバムに収録されていた〈恋をしようよ〉やベリーの〈レット・イット・ロック〉などは何十年ものあいだ、ふたりの十八番だった。偉大なブルース歌手たちへのリチャーズの尊敬の念のあらわれだ――自分たちに比べたらスズメの涙ほどの金しか手に入れられなかった先人たちへの。ステージで憧れのスターの曲を演奏しているリチャーズは喜びにあふれ、エゴなどかけらも感じられない。

それでもリチャーズは、自分の居場所はステージではないと言う。少なくとも、七十代に入った今ではそうだ。「おれにとっての本当の天国は、誰の目にも留まらないロックンロールのスターでいられる場所だ……完全に無名ってやつだ。だが時には表へ出て、舞台を務めなきゃいけないのさ」
さすがに嘘っぽく聞こえるかもしれない。なんといってもそう発言しているのは、誰もが夢見る人生を歩み、他の生き方などあり得なかったはずの男だからだ。でもそんな職人風の発言をしているリチャーズは真剣だった。

バックコーラス？

一八六四年ごろの「作者不詳」のキルトが美術館に飾られていたりするのを見たことがないだろうか。作者のほとんどは女性やアフリカ系アメリカ人、社会的な地位が低かった人びとだ。だからみんな作品にサインなんてしなかったし、小説を出版したり美術館に作品を展示したりするために男の名前を使う女性たちもいた。

トップスターやゲームチェンジャーにしたら、才能は認められない、名前は知られない、報酬ももらえないままでどうして平気なのか、不思議でしかたないだろう。自分の名前のかわりに「作者不詳」と書かれるのがよくわかっていながら、なぜ創作を続けられたのだろうか。そこが職人タイプの他と違うところのひとつだ。外の世界から認められなかったり、見返りが手に入らなかったりしても歩みは止まらない。

今、尊敬を集める歴史的な芸術家の多くが、自分で選んだにせよ、しかたなかったにせよ、無名のまま生涯を終えたことを考えるとそら恐ろしくなる。では女性アーティストの声に耳をかたむけてみよう。最初は評判にならなかったのに、驚くほどの忍耐心を発揮した女性たちの声に。

十八世紀後半から十九世紀前半に活動したジェーン・オースティンの作品は生前そこまで読まれなかったし、作者の名前も知られていなかった。葬儀もずいぶん寂しいものだったという。小説は匿名で出版され、上流階級の人びとだけがオースティンのことを知っていた。「当世風の作品」と言われることはあっても、ほとんど評判にならなかった。読者は男性名を使って書いたジョージ・エリオットや、チャールズ・ディケンズのほうを好んだ。

ところが産業革命のさなか、人びとはオースティンを読むようになり、第一次世界大戦中は塹壕の兵士たちの心のよりどころになった。第二次世界大戦でも同じで、ウィンストン・チャーチルが冗談まじりに言ったくらいだ。「抗生物質とジェーン・オースティンのおかげで私は戦争を乗り切った」そのころようやくオースティンは大衆の人気だけでなく、批評家の称賛も得るようになった。それでもいまだに「単に」身近なことを書いただけの作家だと言われたり、せいぜい軽蔑の言葉でしかない「女流小説」の元祖だと言われたりするのだけれど。もちろん新世代の読者は小説だけでなく、〈高慢と偏見〉や〈分別と多感〉などの映画版を通してオースティンと出会っている。〈ブリジット・ジョーンズ〉シリーズのようにオースティンの作品をもとにした小説や映画もあるし、世の中には〈高慢と偏見とゾンビ〉という小説まであるのだ。

エミリ・ディキンスンも生涯を通して十篇ほどの詩しか発表することがなく、そのわずかな作品も十九世紀の伝統からはみ出さないよう誰かが手を加えている。大半は没後妹のラヴィニアが見つけたことで世に出た。その数はなんと千八百篇だ。初期の批評家には必ずしも受けがよかったわけではなく、アメリカの小説家トマス・ベイリー・オルドリッチは〈アトランティック・マンスリー〉にこんなことを書いた。「風変わりで、夢見がちで、ろくに教育も受けていないニューイングランドの片田舎（どこに住んでいても同じだが）の世捨て人が、重力の法則と文法に逆行するさまは非難を免れない」重力に抗うディキンスンの詩の素晴らしさが文学界に理解されるには数十年かかった。

長い年月を無名のまま過ごすのは、かつての職人タイプの女性にとって珍しくもないことだった。「誰も知らない最高のソウルシンガー」と呼ばれるベティ・ラヴェットが最初のアルバムをリリースしたのは一九六二年、十六歳のときだ。そのシングルアルバム〈マイ・マン――ヒーズ・ア・ラヴィン・マン〉は、R&Bチャートのトップテンに入ることもなく、すぐ消えていく歌手だと思われていた。ところがそれは違った。数十年経った二〇〇五年、還暦を前にラヴェットはアルバム〈アイヴ・ガット・マイ・オウン・ヘル・トゥ・レイズ〉をリリースしてあらためて注目を浴びる。それ以降はポール・マッカートニーやボン・ジョヴィなどとステージを共にしているし、二〇〇八年のブルース・ミュージック・アウォード選の「現代のベスト女性ブルースシンガー」をはじめ、権威ある音楽賞にノミネートされ、受賞もしている。〈ビフォア・ザ・マネー・ケイム〉には、長いこと注目されないで生きてきた彼女の気持ちがよくあらわれている。

スターの履歴書　ヴィヴィアン・マイヤー（写真家）無名から憧れの的へ

生涯に十五万点以上の写真を撮りながら、誰にも見せないなどということが考えられるだろうか。そのうち数千点は現像もされていなかったとしたら（ここでの話はスマートフォン時代が訪れる前。デジタル時代以前の、フィルムは薬品を使って現像していたころの話だ）。まさにその通りのことをしたのが、ストリートカメラマンのヴィヴィアン・マイヤーだ。驚くべきことに、今ではその作品の多くが優れたアートだと称賛されている。

一九二六年生まれのマイヤーはほぼ一生のあいだ写真を撮り続け、被写体の定番はニューヨーク、シカゴ、ロサンゼルスの人びとや建築物だった。旅行に出かけ、世界中の観光地を撮ることもあった。ところが一度撮ってしまうとフィルムのほとんどは地味な段ボール箱に片づけ、現像もしないまま放っておいた。

時を経て二〇〇七年、若手映画監督ジョン・マルーフがフリーマーケットでマイヤーの写真を何点か見かけ、この謎めいた女性にすっかり夢中になってしまった。本物のアーティストに出会ったと確信しながらも、マルーフは疑問に思わずにはいられなかった。この女性が本物なら、どうして世間に知られていないのだろう。写真数点のリンクを自分のブログに載せると、たちまち話題に火がついた。マルーフは〈ヴィヴィアン・マイヤーを探して〉というドキュメンタリーを撮影し、何が彼女を駆り立てたのか追求しながら、世界にその膨大な作品を紹介することになる。

やがてわかったことだが、マイヤーは四十年のあいだベビーシッターとして働いていたらしい。新米シングルファーザーにして全米トークショー番組の司会者、フィル・ドナヒューに雇われていたこともあった。マイヤーは無口で風変わりな女性で、私生活についてはほとんど明かさず、部屋は段ボール箱や新聞紙でいっぱいだったという。都会生活のいいところ、悪いところ、どうしようもないところに触れさせるために、世話をしていた子どもたちを連れてシカゴの街を歩き回っていた。肌身離さず持ち歩き、愛用していたのは腰のあたりで構えるタイプのローライフレックスだった。これなら相手に気づかれることなくありのままの写真が撮れるし、被写体になるよう頼んだ場合もカメラを意識させずにすんだ。

批評家やプロのカメラマンたちはマイヤーの写真の完成度と分量に仰天し、どうやったら相手の顔にここまで近づき、隠された感情を引き出すことができたのか、と首をひねった。マイヤーは人種間の不平等まで撮っていた。黒人の少年が街角の靴磨きスタンドで白人の少年の靴を磨く鮮烈な一枚がある。作家のアレックス・コトロウィッツは〈マザー・ジョーンズ〉に語った。「それぞれの写真が短編小説の冒頭のようだ。ちょっと謎めいていて、マイヤー自身を思わせる」

ドキュメンタリーのなかで著名なカメラマン、ジョエル・マイロウィッツは語る。「人生の終わりが近づいたとき、どうして作品を世に出さなかったのかと彼女は後悔しただろうか。なかにはその一押し、作品を見てもらうために必要な一押しができない性格の人間がいる。彼女はアーティストを名乗ろうとしなかった。ただ仕事をしただけだ」

ひとたび評判が広まると、世界中の画廊のオーナーたちが彼女の写真を売り始めた。残念ながらマイヤーは名前が知られる前に亡くなり、アート面でも金銭面でも見返りを手にすることはなかった。彼女の謎は解き明かされないままだ。肖像画を描いたファン・ゴッホのように（第四章「繊細な魂」を参照）、孤独のなかで見知らぬ人びととつながろうとしていたのだろうか。作品を世間に送り出すだけの度胸と人脈がなかったのだろうか。一九四〇年代から五〇年代に活動を始めた女性なら、それはじゅうぶん考えられることだ。そうではなく写真を撮るだけで満足で、出来を確かめる必要さえ感じなかったのだろうか。答えは誰にもわからない。

けれどアーティストのトニー・フィッツパトリックにとっては、マイヤーの創作の動機ははっきりしている。〈マザー・ジョーンズ〉に語ったところによると「彼女は正しい理由で写真を撮り続けた。世界で自分の居場所を失わないために撮ったのだ。写真を撮らずにいるなんて耐えられなかった。選択の余地はなかった」

職人のポジティブな性質

快楽を追いかける

職人たちは恋をしている——キアロスクーロ（明暗法）、ヒッチ・キック（足を前方に高く振り上げるダンスのテクニック）、ディゾルブ（場面転換の技法）、はたまた不完全韻に。職人のあなたは偉大なアートを構成し、作品を生み出すあらゆる技法や、大小すべてのことを愛している。

わたしはその感覚を喜び、至福、魅惑と呼んでいる。集中、献身、没頭。アートに携わるとそんなふうに感じるなら、あなたは幸運な職人だ。

あらゆるジャンルの有名なアーティストたちが、この感覚について語っている。トルーマン・カポーティは言った。「私にとって書くことの最大の喜びとは、それ自体ではなく、言葉が織りなす内なる音楽だ」クロード・モネも言った。「色彩は私の一日のすべてを占める情熱、快楽、苦しみだ」ルートヴィヒ・ファン・ベートーヴェンは言った。「楽譜に書きつけるまで、音は私のまわりで荒れ狂い、暴れ回る」

職人のあなた、そんな経験がないだろうか。夢中で絵を描いて、ふとキャンバスから目をあげると外は真っ暗。夕日が沈んだことにも気づかなかった。三時間も作業をしていたのに、三分くらいにしか感じない。あるいは電話が鳴り、頭を整理して自分が家の「スタジオ」（寝室の隅）にいることを思い出すのにしばらくかかる。ちょうど十五ページほど書いたところで、電話会議に出なければいけないなんてすっかり忘れていた。あるいはおなかのすいた子どもたちが玄関に駆け込んできて、今日の夕ごはんは何、とたずねている。夕ごはん？　そうね、ピザにしようかしら……昨日みたいに。

心理学者のミハイ・チクセントミハイはこの完全な集中と没頭の感覚を「フロー」と名づけて、〈フロー体験　喜びの現象学〉のなかで詳しく追求している。あなたもそれなりの回数、フローを体験していないだろうか。職人にとっては、それが発想のみなもとだ。

フローは最初あなたを引っかけ、次につなぎ止める。フロー状態になるとそれまで考えたこともなかったテクニックや、手を出すのが怖かった創造的な方法を試してみたくなる。チクセントミハイはフローが起きる最適の瞬間を突き止めた。それは目の前の課題がちょうど自分のスキルと釣り合っているときだ。別の言い方をするなら、やろうとしているアートが持って生まれた能力をはるかに超えていたら、たぶんいらだちを感じるだけで、やる気も生まれないだろう。反対にやっていることがマンネリになれば、退屈してしまう。けれど学ぼうとしている新しいスキルがうまく手の届く範囲にあるなら、フローの状態になれるかもしれない。ダニエル・ゴールマンは〈ニューヨーク・タイムズ〉にこう語っている。「駆け出しの音楽家はじっくり練習した曲を演奏することで『フロー』の状態に入るだろう。達人は最高難度の曲を弾かなければ『フロー』に入れない。超一流の音楽家はもっとも難しい曲の解釈に挑み、自分に対するハードルを上げる」

ずば抜けて多作な小説家スティーヴン・キングなら、フローについてよく知っているはずだ。今現在キングは五十冊以上の小説を書き（別名で書いた作品を含む）、売り上げは三億五千万冊、そのうちいくつかは映画化されている。

けれどキングの人生は一九九九年にあわや悲劇的な結末を迎えるところだった。メイン州の道路の脇を歩いていて、車に轢かれたのだ。キングは跳ね飛ばされて側溝に落ち、かなりの重傷を負った。右肺は潰れ、右足は数箇所で骨折、骨盤骨折、頭部の深い傷。右足の骨は粉々に砕けていて、あわや切断というほどのひどい状態だった。キングは十日間で五度の手術を受ける羽目になり、リハビリは長期間に及んだ。座っていると痛みがひどく、体力も失われていた。文章を書きたいという気力もなかったという。

幸いにも、少し時間が経つとキングはふたたび書く喜びに目覚めた。自伝〈書くことについて〉のなかではこう語っている。「ときどき書くのが辛いと思うことはあるが、脚の具合がよくなっていき、気持ちが日々のルーティンに馴染んでくるにつれて、適切な言葉を見つけて文章にする楽しみはどんどん膨らんでいく。それは飛行機が離陸するときの感覚に似ている。滑走、滑走、滑走……そして、離陸。それで、魔法の空気のクッションに乗り、世界を眼下に一望できる。このときほど幸せを感じることはない。私は書くために生まれてきたのだ」(『書くことについて』田村義進訳、小学館、二〇一三年）フローについて語った屈指の文章だ。

もうひとつ、すばらしい文章がある。アーネスト・ヘミングウェイの〈移動祝祭日〉だ。一九二〇年代、祖国を離れた「失われた世代」のアメリカ人作家やアーティストたちと交流しながら、パリで文学史に残る日々を過ごしていたヘミングウェイは、ある日サン＝ミッシェル広場のカフェに陣取ってラム酒のセント・ジェームスを飲みながら（おなじみの光景だ）、十代の夏を過ごしたミシガン州の物語を書いていた。窓際のテーブルに愛らしいご婦人がいるのを目に留めたあと、ヘミングウェイは執筆に戻った。そのあとのことを彼はこう語っている。「物語はひとりでに進み、私は追いつくだけで精いっぱいだった……私は書いていた。書いていただけではない。目を上げることもなかったし、ラムのおかわりを注文することもなかった」ヘミングウェイはフローに入っていた。

職人のあなたならもう知っているように、フローに入るのはすばらしい気分だ。でもひとつだけ注意——そうなったらありがたく受け止め、ならなくてもがっかりしないこと。フローを無理やり起こすことはできない。ただ覚えておきたいのは、二度とフローが訪れないと思ってもたいてい訪れるし、いちばん必要なときに勢いをつけてくれるということだ。

創作のプロセスを楽しむ

第一章「トップスター」では、振付家のトワイラ・サープが〈クリエイティブな習慣〉のなかで読者に投げかけた質問を紹介した。「仕事をするとき、プロセスと結果のどちらを大切にしているだろうか？」トップスターの性質をもつ人びとはたいてい「結果」を選ぶ。巨大なエゴを満たすには、努力が実を結び、自慢できる何かになることが必要だからだ。トップスターは作品がもたらす「ごほうび」を楽しみにする。

いっぽう職人の場合、たいてい「プロセス」を選ぶ。いちばん魅力的なのは仕事そのもの、テクニックを磨こうと一心不乱に努力すること、作業をする純粋な喜びなのだから。

二百人のアーティストを長期間に渡って追いかけたチクセントミハイは、最初のうち報酬にこだわらないことが、のちに大きな仕事をする若手アーティストの特徴だと突き止めた。チクセントミハイたちは二度に渡って被験者を調べた——一度は学生時代、もう一度は二十年近く経ってから。結果よりプロセスを重視した人びとはアートの道を歩き続け、大きな成功を収めた人もいた。いっぽう名声と富からモチベーションを得ていた人びとは、卒業したあとはアートの世界であまりうまくいっていなかった。

プロセスを愛するその性格はきっと大きな強みになる。創造性とともに歩む人生のいいときも悪いときも支えになってくれるだろう。

◎自分の癖と付き合う：汝《なんじ》の馬車を星につなげ

職人タイプのいいところのひとつは、結果にかかわらず創作のプロセスを楽しめることだ。ただしまとまったお金や名声を手に入れるのにそれほど興味がなくても、少しくらい狙ってみても悪いことはない。次の場面を想像してみてほしい——あなたは代理人から届いた封筒を開け、前払い金の小切手を取りだしている。期待よりもゼロがひとつ多い！　あるいは今ちょうどライブコンサートを終えたところで、観客は夢中で拍手を送り、足を踏み鳴らし、アンコールをせがんでいる。ねえ、職人のあなた、悪い気はしないでしょう？

スターの履歴書　チャック・クロース
創造的な過程に支えられて

チャック・クロースくらい悲劇や挫折に見舞われているアーティストはいないだろう。もし張り合えるとしたら同じ画家のフリーダ・カーロくらいだ（第四章「繊細な魂」参照）。クロースのような人生を歩んでいたら普通は絵を描くなんて考えられないけれど、彼の場合は負けず嫌いに火がつき、いっそう深く創造性を追求することにもなった。描くことに喜びを見出すという職人的な気質が、そのための新しい方法を探させ続けたのだ。

クロースの試練は子どものころに始まった。学習障害があり、十一歳で父親を亡くし、同じころ母親が乳がんを患い、家族は医療費がかさんで自宅を手ばなす羽目になった。クロース自身、人の顔を認識できない「相貌失認《そうぼうしつにん》」という障害を持っていて、数分前に会った人間の顔が家族でもわからなくなるのだった。それだけ苦心しながらもクロースはイェール大学で美術学修士を獲得し、彼だけといわれるスタイルを確立した。写真のようにリアルな、巨大な顔の絵だ！

でもそれだけではない。ある晩授賞式のあと、クロースの身体に異変が起きた。脊髄に血栓ができていて、数時間のうちに四肢麻痺を起こし、車いすで生活することになってしまったのだ。想像できるだろうか。今までの人生はおしまい、絵を描く能力も失うほどのできごとだ。けれどクロースは愛する仕事を続ける方法を見つけた——最初は絵筆を口にくわえ、やがて筆を手に固定する機械を作って。彼は巨大なキャンバスを壁にかけて回転させ、いつでも好きな部分から描けるようにしている。顔を描くときは一回に小さな四角をひとつ描き、その小さな四角形が集まると、ユニークではっとさせられる肖像画になるのだった。

学習障害と今までの自分の活動は切っても切り離せない、とクロースは語っている。相貌失認の人間が顔を描くのは皮肉な話にも聞こえるけれど、愛する人びとの顔を記憶に固定するために描いているのだ。肖像画は死んでいない、新しい手法が必要なだけだ、とアートの世界に知らしめるという意味もあった。

CBSの〈ディス・モーニング〉シリーズ〈ノート・トゥ・セルフ〉のなかで、クロースは若いアーティストに助言を送っている。「ひとつのプロセスに打ち込み、あとは流れに任せるんだ。毎日、一からやり直す必要はない。今日は昨日やったことをやり、明日は今日やったことをやる。きっといつか、どこかにたどり着くだろう」

現実と付き合う

誰かがそれについて言ったことで、わたしが気に入っているのは、やっぱりチャック・クロースの台詞だ。彼はアーティストに対してこんなふうに警告してみせた。「ひらめきはアマチュアのものだ。私たちはとにかくその場に行って、仕事をしなくてはいけない」まさに職人のための言葉ではないだろうか。仕事を始めるには天の啓示、完璧なタイミング、唯一無二のアイデアの訪れを待つのが正しいというロマンチックな（そして危険な）考えかたを真っ向から否定している。何かを始めるには、ただ始めるしかないのだ。

最近では有名なアーティストにも、職人的な精神を受け入れる人たちが増えている。創造的なひらめきも大事だけれど、同じくらい、ひょっとしたら継続的な努力のほうがもっと大事だというのだ。〈ザ・ホワイト・ストライプス〉や〈ザ・ラカンターズ〉で活躍したジャック・

ホワイトも、新しい曲を創るとき必ずしもひらめきには頼らないという。ドキュメンタリー〈ザ・ホワイト・ストライプス――アンダー・グレイト・ホワイト・ノーザン・ライツ〉ではこんなふうに語っている。「ふとした着想と努力は車の両輪だ。毎朝目覚めたら雲がふたつに割れて天から光が射し、曲を書かせてくれるわけじゃない。時にはただそこに身体を差し入れて、強引に仕事をするしかないんだ。何かいいものが生まれるかもしれないから」

作家のエリザベス・ギルバートもTEDトークや、創造の過程について書いた著書〈BIG MAGIC 「夢中になる」ことからはじめよう〉のなかで、創造性は鍛錬ととらえ、天の啓示には頼らないよう強く勧めている。ギルバートいわく、人間にはそれぞれ「やぶにらみの天才」がついていて、独自性を引き出す役目を果たしているのかもしれないけれど、いつもいてくれるとはかぎらない。もしいなくなったら、どうするのだろう？「がっかりしないで。ただ自分の仕事をすること。何でもいいから、少しずつ創り続けること」

わたしも同じ意見だ。「やぶにらみの天才」やミューズがあらわれるのをぐずぐず待っていてもしかたがない。ミューズなんていないのかもしれないのだから。今はよそのアーティストの相手をしているかもしれないのだから。あるいは、ひょっとしたら、ミューズはあなた自身のなかにいて、今はまだ出てこないのかもしれない。イザベル・アジェンデは〈わたしたちが書く理由〉（未訳）に寄せたエッセイのなかでこう語っている。「ただひたすら形にすること。そうしたらミューズも形になって出てくるはずだ」

わたしが愛読している文章についての本〈ひとつずつ、ひとつずつ〉の著者アン・ラモットも他の作家と同様に、書くことは「根気と信念と努力」だと言っている。「案ずるより産むが易しよ」百年以上前、ピョートル・イリイチ・チャイコフスキーもパトロンへの手紙にしたためた。「自尊心ある芸術家たるもの、気分が乗らないことを口実に両手を組み合わせているべきではない」

職人のあなた、他のタイプのクリエイターたちには、創造性に対するその現実的な姿勢を笑われるかもしれない。でもあなたはそのやり方で満足感を得ているし、たとえ思うようにいかないことがあっても、いつか天にも昇るような喜びが味わえることを知っている。

◎自分の癖と付き合う：細かい締切を設ける

職人タイプは創作する上で生まれるさまざまな選択肢について延々と考えたり、他のタイプ同様気晴らしに走ったりしようとするものだが、何よりその本能を押しとどめるのは外からのプレッシャーだ。原稿の締切、報酬の振り込み、初演の夜、レコーディングの時間が迫ってくると、気取りや逃げは影をひそめ、仕事に向かおうという気持ちが起きる。職人のあなたは、そのあたりがまあまあ上手だろう。でもプロデューサーや編集者から締切をもらっていないとしたら？　自分で締切を決めなければいけないかもしれないとき、大事なのは「細かい締切」を作ることだ。たとえば第一章はいつ、第二章はいつまでに仕上げると決めておけば、いっぺんに書き上げるのかと思って呆然とすることもない。ある日にちまでに必ず仕事を終わらせなければいけないと自分に信じ込ませよう。

難しいのはわかるけれど、皮肉にもそうやって自分をごまかすのが、自分と真面目に向き合うということ。絵を描くのに使う時間をスマートフォンのタイマーにセットするか、毎朝何枚ずつ原稿を書くか決めておこう。目標を達成するのは、あなたの自由ではなく義務だ。そうしたら仕事のはかどり具合が目に見えて違うはず。こう考えてほしい。必要は発明の母というよりも、要求が高く実際的で、現実的なミューズかもしれないのだ。

影響を前向きに受け止め、恐れを抱かない

いちばん大事なのが名声でも競争でもなく、作業だという人間の場合、先に活躍して足跡を残した人間を素直に認めるのも難しくはないだろう。職人とはそういうものだ。

人間には「タブラ・ラーサ」（白紙状態）なんて存在しない。どんなアーティストも創造性

の宇宙を織りなす何千人ものアーティストが落書きしてきたスケッチブックを持っていて、どんなことをしても彼らの筆跡は完全には消えない。作家のジャネット・ウィンターソンは〈芸術の品々〉（未訳）のなかでこんなふうに書いた。「それは先祖崇拝ではなく、アートの伝承を意識することだ。影響というより、つながりなのだ」

わたしのクリエイティブ・ライティング講座の学生たちはときどき、もう書くべきことはぜんぶ書かれたのではないか、自分たちのスタイルは二番煎じなのではないか、と悩んでいる。憧れの先人の影響を意識しすぎたとき、アーティストが陥りがちな悩みだ。手あかのついた「愛」や「喪失」といったテーマでさえ、あなたたちは独自のやり方で取り組もうとしているし、はじめのうち敬愛する作家をまねて書くのは誰もが通る道で、いずれ自分だけの声とスタイルが見つかるわよ、とわたしは学生たちを励ましている。あなたにも同じことを言わせてほしい。

職人タイプのあなたは、先輩アーティストたちが自分のクリエイターとしてのDNAの一部を成していて、アート上の「親」をまねたり敬愛したりするのは悪いことでもなんでもないと知っている。けれどいつかは親離れして、アーティストとしての自我を確立し、自分だけの作品を生み出さなければいけない。アートの歴史はそうやって作られてきた。

作家のジョーン・ディディオンの場合、創造性の両親はアーネスト・ヘミングウェイとヘンリー・ジェイムズだ。〈パリ・レビュー〉に語ったところによると、ディディオンはヘミングウェイの作品を読んだおかげで小説家に憧れるようになった。思春期のころはヘミングウェイの作品をタイプライターで打ち、その「穏やかな川のようで、花崗岩《かこうがん》の上を流れる清らかな水のようで、陥没孔なんてひとつもない」文章を研究したという。

それと同時にヘンリー・ジェイムズからも影響を受けていた。皮肉にもヘミングウェイが正反対の作風をめざした作家だ。ディディオンいわく〈淑女の肖像〉や〈鳩の翼〉といった小説には「陥没孔がたくさんあり」、「足をとられて溺れてしまう」。ディディオンのエッセイや小説、自伝を読めば、ふたりの作家の影響が垣間見られるはずだ。

作家のビル・ブライソンはJ・D・サリンジャーの小説のおかげで、正しい言葉を選ぶ重要性と、少しでも不満が残る言葉は選ばないことを学んだという。文体について語った〈ザ・サウンド・オン・ザ・ページ〉（未訳）のなかではこう回想している。「十四、五歳のころ私は〈キャッチャー・イン・ザ・ライ〉などサリンジャーの作品を手あたりしだい読んでいた。彼の文章は情報量が多く、鏡に映る人物の顔やテーブルクロスのしつらえ方、太陽の光について細かく描かれていて、時には過剰にも思えたけれど、それでよかったのだ。当時の私にとって、言葉をそんなふうに正確に使えるというのは大きな発見だった」

ユーモアと誇張表現が持ち味のブライソンは、その気づきを自分の文体に生かした。「決して妥協しないことが、私が唯一知る文章の技法だ……どこまでも満足しないこと。何より気を配るのは、ちゃんとジョークが伝わっているかということだ。大事なのは間合いよりも、正しい言葉をきちんと選ぶこと。作家として過ごしてきた長い年月のあいだ、ジョークがぽんと頭に浮かんだのは二度か三度だ。ほとんどの場合そこにあることはわかっているのに、延々ともがき続けなければいけなかった」ブライソンの〈ビル・ブライソンの究極のアウトドア体験〉などを読むかぎり、彼とサリンジャーを結びつけるのは難しいだろう。でも言葉に対する激しい執着心という点で、ふたりは共通している。

憧れのアーティストに夢中になるのは自然なことだ。ただし気遅れすることとの違いは理解しておかないと、創造性の芽を摘まれてしまう。幸いにも職人は、そう簡単に気遅れしたりしない。

画家のアンリ・マティスは、影響を素直に受け入れることの大切さを知っていた。マティスや他の画家、時には作家にとっても、ポール・セザンヌは「ジ・アーティスト」だ。世界の複雑性を再現することで、絵画を十九世紀から二十世紀に移行させた男。〈マティス、芸術を語る〉（未訳）のなかで、彼はセザンヌのことを「ある種の絵の神様のように思っていた」と告白している。セザンヌという巨大な存在に脅威を覚える画家たちには冷ややかだ。「彼を乗り越える強さがない人間は不運だ。私自身は、他者の影響を避けたことは一度もない」

やがてマティス自身が、二十世紀半ばの新世代の画家たちを形作っていく。演劇〈RED〉のなかで、抽象表現主義の画家マーク・ロスコがモデルの主人公は助手のケンに、マティスの作品〈赤い部屋〉から受けた影響について語る。自身のアトリエを描いた絵のなかでマティスは正確な遠近法をあえて使わず、室内のキャンバスや椅子などを見たままに描くことで、西洋の伝統の型を破った。おまけに背景は圧巻のトマトスープ並みの真っ赤だ。おかげで室内のものはキャンバスから飛び出してきそうに見える。

〈ＲＥＤ〉のなかでロスコは語る。「私が今やっていることはすべて、マティスのあの絵から派生しているようなものだ。何時間も絵の前に立ち、それが動き出すに任せていた……。見つめれば見つめるほど、絵は私のまわりで拍動し、私は呑み込まれた。あの赤、エネルギーの塊、強い感情！」マティスの絵を見つめ続けたロスコは、やがて自身の独特なスタイルを確立する。それも脈打つような色遣いで知られるものだ。

ときにはひとりのアーティストにのめり込むいっぽう、決して自分はその人を超えられないと悟ることもある。選択肢はふたつだ。その現実に打ちのめされるか、たとえ目標を達成できないとわかっていても、一歩でも近づこうと努力するか。

ジャック・ホワイトは十八歳のとき、ブルース歌手サン・ハウスの〈グリニング・イン・ユア・フェイス〉を聴いた。ホワイトの頭は真っ白になった。ドキュメンタリー〈イット・マイト・ゲット・ラウド〉のなかで、その瞬間すべてが消えてしまったんだ、と語っている。世界に存在するのはサン・ハウスとその曲だけだった。楽器の伴奏はなく、サン・ハウスは歌いながら手を叩き、時にはわざとリズムを外していた。ホワイトにとってそれは「ロックンロールのすべて。表現、創ること、アートのすべてだった。ひとりの男が、一曲の歌を通して世界に立ち向かっている」のだった。〈グリニング・イン・ユア・フェイス〉は今でもホワイトの大切な曲で、レコードをかける彼は敬虔な表情を浮かべている。どんなに努力してもホワイト（一九七五年デトロイト生まれの白人）が二十世紀はじめにミシシッピで生まれた黒人のブルース歌手になることはできないけれど、その感情、体験、音楽は彼の原点になり続けている。

◎クリエイティビティを育てる：「両親」から学ぶ

今取り組んでいるジャンルからふたり、お気に入りのアーティストを選んでほしい。そうしたらただテクニックに見とれているのではなく、真似してみよう。小説を何ページかパソコンで打ち出してみよう。できるだけ正確にダンスのステップを踏んでみよう。憧れの人とそっくり同じように、映画を編集してみよう。そこから次の一歩が始まる。何が自分のなかに残り、何が消えていくかはわからないけれど、あなたがもうクリエイティビティの「両親」の素晴らしさを吸収し、自分の方向性を決めつつあるのは確かだ。

コラボレーション、昔はひとりでよかったのが今はふたり

コラボレーションは創造性の縁の下の力持ちだけれど、誰もが喜んでやりたがるとはかぎらない。アートに関するこれまたロマンチックな神話にとって目ざわりだからだ。すなわちアーティストはひとりで苦悩しながら書き、作曲し、彫刻しなければいけない――できるならパリの寒々とした屋根裏部屋で。もちろん、そういう場合だってあるけれど、「孤独なアーティスト」というレッテルは往々にして誤解をはらんでいる。画家や写真家はモデルに頼るし、小説家は編集者の力を借りるし、作詞家は作曲家と共同作業をするのだから。

誰かと一度でもコラボしてみれば、そのメリットはすぐ理解できるだろう。コラボレーションはアイデアのやり取りをして、たがいの知識や経験不足を補うチャンスだ。どちらも自信がつくし、孤独の淵に沈み込む恐怖から逃れられるし、何より楽しむことができる。

舞台に立つ人間は、コラボレーションの文化にどっぷり浸っている。まぎれもないトップスターの特徴を持っているのに、うまくパートナーシップを組めるのはどうしてだろう？　それはエゴに邪魔されることなく、同じくらい才能のある相手と力を合わせ、名誉を分かち合おうとする内なる職人のおかげだ。

たとえばルドルフ・ヌレエフとマーゴ・フォンテインは、バレエの歴史のなかでももっとも誉れ高いパートナーだ。始まりはクラシックバレエの女帝フォンテインもそろそろ引退か、と思われていた時期だった。すると一九六一年、二十二歳にしてソ連のバレエ界のスターだった

ヌレエフがパリのル・ブルジェ空港から姿を消し、西側に亡命を果たした。はじめての共演のあとのカーテンコールでヌレエフは両膝をつき、フォンテインの手にキスをした。

あふれるほどの才能のなかでも、フォンテインは当時誰よりも長く片足で回転していられることで有名だった。ヌレエフは生まれ持ったカリスマ性と、「稲妻のような」と形容される跳躍で観客を魅了した。一緒に踊ると、ふたりのあいだに電流がほとばしるのが目に見えるようで、熱狂的なカーテンコールが起こり、花束が舞台に投げ込まれた。「世界でもいちばん胸が躍るパートナーシップだ」と、振付師のサー・フレデリック・アシュトンは言った。「ふたりは一緒に踊るために生まれたんだ」

フォンテインとヌレエフの舞台内外でのパートナーシップは十五年続き、ふたりは一生を通して友人だった。ヌレエフは彼らしく情熱をこめて語った。「〈白鳥の湖〉の終盤、彼女が美しい白いチュチュ姿で舞台を去るとき、僕はできるなら世界の果てまで追いかけていきたかった」こんなふうにも語った。「僕たちは一心同体だった。僕にはただひとり、マーゴしかいなかったんだ」

もうひとつ、有名かつ長年続いたコラボレーションは、ヒップホップ歌手のミッシー・エリオットとティンバランドだ。エリオットは女性としてヒップホップ界最多の受賞歴を誇り、プラチナアルバムを何枚も出しているし、シングルのヒットも数知れない。ティンバランドの独特なプロデュースも、ヒップホップとR&Bのサウンドには欠かせなかった。ふたりは違うバンドに所属していた一九九〇年代前半に出会った。ソロで活動しようとエリオットが決めると、ティンバランドはアルバム〈スゥパ・ドゥパ・フライ〉をプロデュースする。大成功を収めたそのアルバムには〈ザ・レイン（スゥパ・ドゥパ・フライ）〉、〈ソック・イット・トゥ・ミー〉といった名曲が入っていた。それ以降ふたりはヒップホップのもっとも革新的な曲をいくつも生み出してきた。ミュージシャンのBET（ビッグエブリタイム）は、ふたりについてこう語っている。「ティンバランドの独特なリズム、未来的なシンセサイザーの響き、ミッシーの強烈な個性、意識の流れをそのまま語るような歌詞。すべてが完璧に揃っていた。ヒットチャートを席巻し、ヒップホップに何ができるのか、どうあるべきかという境界を押し広げたんだ」

◎クリエイティビティを育てる：コラボの相手を探す

アートにおけるコラボにはさまざまなパターンがある――共同制作、アーティストとミューズ、画家とモデル、作詞家と歌手、作曲家と作詞家、監督と俳優、バンド仲間、共演相手、などなど。コラボ相手を見つけるのは隣の部屋に歩いて入るくらい簡単だといわれる。その通りで、歴史に残る輝かしいパートナーシップは恋人、友人、あるいは学校の同級生どうしから生まれた。アート上のパートナーを選ぶときは、次のことを念頭に置こう。

- たがいにじゅうぶんな才能やスキルを持っているだろうか。
- ひとりが外交的、ひとりが内省的なら、それぞれの仕事や役割をこなすことができる。でももしそうでない場合、どうやって責任を分かち合ったらいいだろう。
- たがいに神経にさわることがないだろうか。あるいはボスとアシスタントという力関係を築けるだろうか。
- たがいに（あるいはどちらかの）エゴが膨らみすぎないよう注意できるだろうか。
- コラボレーターしか連れていってくれない、新しい方向に行きたいと思っているだろうか。
- ひとりでやるよりコラボレーションをしたほうが単純に楽しいだろうか。

職人の注意点

職人のあなたは何も言われなくても書いたり、映画を撮影したり、編みものをしたりしているはず。では、そんなあなたが直面するかもしれない困難や、苦労するかもしれない癖をピックアップして、人生で他のことをする余地を残しながらクリエイティブな活動をする方法を考えてみよう。

職人だってパンが必要

職人のあなたは、ロマンチックな「飢えるアーティスト」というイメージにどうしようもなく惹かれるかもしれない。最低限必要なことよりもアートを優先するのだ。何といっても、全身全霊のアーティストに対する賛辞は絶えないのだから。詩人のウィリアム・ブレイクはこんなことを書いた。「地上で名声を手に入れたらさぞ私は悔やむだろう。なぜなら人間の望む栄光と、魂の栄光はかけ離れているからだ。私は利益のための一切の活動を望まない。芸術のために生きたい。何も求めない。私は十分幸せだ」

「飢えるアーティスト」の代表格、フィンセント・ファン・ゴッホもブレイクの意見に賛同しただろうか、そこにはかすかな苦さが混じっていたはずだ。弟のテオに宛てたこんな手紙がある。「仕事のための仕事こそがあらゆる偉大な芸術家の基盤であると、私はますます強く信じるようになった。たとえ飢えかけても、すべての物質的な安泰に別れを告げなければならないにしても、失望してはならない」

確かにブレイクやゴッホの志は立派だけれど、必ずしも現実に即しているわけではない。本当のところ、歴史に名を残す多くのアーティストが二十四時間創作に没頭できたのは、パトロンその他の経済的な保証があったからだ。ゴッホの言い分と裏腹に、テオは定期的に兄に仕送りしていたし、ミケランジェロにはユリウス二世というパトロンがいて、ジャクソン・ポロックは二十世紀半ばのニューヨークの上流階級を代表するペギー・グッゲンハイムから仕事の依頼を受けていた。

さて、あなたには裕福で気前のいいパトロンがいるだろうか。もしいなければ、今すぐ商業的な成功に結びつく道を無理やりにでも見つけ出すか、経済的な健全さを保ちながらアートを続ける方法を探さなければいけない。クリエイターだって他の人間と同じように家賃や住宅ローンを払い、保険料を払い、何リットルもの高いコーヒー代を賄わなくてはいけないのだから。「幸福を追い求める」というのは破産したり学生ローンの返済が滞ったり、家を退去させられたりすることではない。

そんなあなたにわたしから提案。（警告・創造性についての本でこんな言葉を目にすると思っていなかった方はショックを受ける可能性があります）。あなたは就職しなくてはいけない。一部の職人タイプにとって、そう言われるのはもちろん悲報そのものだ。なにしろ自分のやりたいことが見つかっていて、それに一万時間を費やすのが苦でもなんでもないのだから。でも残念ながら、アートでちゃんとした収入を得るのは簡単ではないから、別の手段で埋め合わせることは考えておいたほうがいい。

〈本物のアーティストは昼間働いている〉（未訳）のなかでサラ・ベニンカサは、若いアーテイストはすべての時間を創造的な作業に捧げなければ偽物、という考え方を一刀両断している。それは単なる見せかけだというのだ。「アートに二十四時間の関心を向ける必要はない。キャンバスや絵筆、編み棒や毛糸、大胆な氷の彫刻のためのチェーンソー、その他作品に必要なもろもろを買うために餓死することはない」

こんなことも書かれている。「本物のアーティストは昼間の仕事、夜の仕事、夕方の仕事を持っている。本物のアーティストは別のものを作りながら、自分の中から出てこようとして叫び声をあげている何かを創るため、時間をひねり出している」ベニンカサが指摘する次の現実も覚えておいて損はない――ほとんどの著名なアーティストは、名前が売れるまで九時五時の仕事をしていたのだ。作家のジョン・グリーンは小児病院の牧師で、神学校に行って米国聖公会の牧師になるつもりだった。ところが余命いくばくもない若い患者たちと触れ合った経験をもとに、人気小説〈さよならを待つふたりのために〉を書くことになった。村上春樹は妻とふたりで七年間、東京でジャズ喫茶を経営していた。店の名前は飼い猫の一匹からとって〈ピーター・キャット〉だった。

ライター兼ユーモア作家のデビッド・セダリスが見出されたのは、ラジオ番組のホストのアイラ・グラスが、日記の朗読をする彼を見かけたときだ。自作を朗読するようグラスに誘われたのが、セダリスの作家としての輝かしいキャリアの始まりだった。でも読者がついたあとでさえ、セダリスが清掃の仕事を続けていたのを知っているだろうか。ラジオ番組〈フレッシュ・エア〉のホストのテリー・グロスが、朝から執筆するかわりに家の清掃を続けなければいけないのは嫌ではなかったか、とセダリスにたずねたことがある。彼の答えはこうだ。「どんな仕事にも同じような重みがあると思っている」それに「ビフォア・アフター」がわかる仕事をするのは満足感があるそうだ。時間をやりくりするのは作家としての自己認識にどう影響したか、とグロスが重ねて訊くと、昼間何もしないで夜だけ執筆して作家を名乗ることもできたけれど、それは馬鹿馬鹿しい気がした、とセダリスは答えた。その通りだろう。

昼間の仕事を何十年も続けながら、素晴らしい作品を生んだ著名なアーティストもいる。作家兼アーティストのヘンリー・ダーガーは用務員だったし、漫画家のハービー・ピーカーは在郷軍人病院の事務員で、詩人のウィリアム・カーロス・ウィリアムズは医者だった。これまた医者のエイブラハム・バルギーズは、アイオワ・ライターズ・ワークショップで美術学修士を取得して小説を書き始めるために本業を一時休むという珍しい選択をした。のちに病院に戻り、今ではスタンフォード大学医学部教授の終身在職権を持っている。二〇〇九年に好評を博した小説〈石を切る〉（未訳）で、エチオピアの失われた暮らしを描いて以来、二足のわらじを履く思いを強くしたとのことだ。

あなた自身も、創造性を追い求めつつ生活費を確保する長期的な戦略を練らなくてはいけない。それは職人の宿命だ。より具体的なアドバイスは、次を見てほしい。

◎クリエイティビティを育てる：不安に名前を与える

職人のあなたは、果てしなく長い時間をアートの追求にあてているはずだ。それはつまり、腕いっぱいの卵を可愛い籐《とう》編みのバスケットひとつに収めようとしているということ。かなりリスキーだし、怖くないだろうか。不安を乗り越えるか、最低でもうまく付きあっていくかするには、不安の正体を見極めるのが肝心。職人にありがちな不安はこんな感じだ。

- クリエイティブな活動にあてる時間が足りない
- 必要な資金がない
- アートを優先することで人間関係がぎくしゃくする
- 目標に到達しない
- 商業的な活動を無理強いされる

どれが自分に当てはまるか考えたら、あと三つ不安をリストに追加してみてほしい。それからひとつひとつの不安について「じゃあ何ができるのか？」を考えてみよう。

たとえばあなたの最大の恐怖が、アートで成功するために商業的な活動を強いられることだとしたら、その薄汚い現実とどう折り合いをつけていくか、大きな成功を収められなくてもそこそこ快適に生きていくにはどうしたらいいか、書きだしてみるといい。これ以外の不安に対しても同じ手順を繰り返し、不安の度合いが薄まったか確かめてほしい。

友人&家族プラン

自分の望み通りになるのなら、二十四時間ずっと創造的な作業に没頭したい、と職人のあなたは言うことだろう。そうしたら実り豊かな創造の日々を送れる。でもそれをやったら人間関係のどこかが壊れるのは請け合いだ。

伝記作家のマシュー・J・ブルッコリは〈友情の綱渡り――新・フィッツジェラルドとヘミングウェイ〉のなかでこう書いている。「作家というものは、友人としては危ない。彼らが結婚相手として危険なのと同じ理由だろう。自分のいちばんいいところは作品に与える人種だからだ」もちろん作家のなかには、より大きくとらえるならアーティストのなかには、友人や恋人として素晴らしい人たちもいる。誰かの顔が思い浮かぶだろうか。あるいはあなた自身がそうかもしれない。

けれどほとんどの職人タイプの辞書に「ワークライフ・バランス」という単語はない。実際、二〇一六年に〈アカデミー・オブ・マネージメント・ジャーナル〉が調査したところ、職場で誰よりも創造的な仕事をする人間は自宅でパートナーと過ごす時間が少ないし、過ごすにしても雑な過ごし方をすることがわかった。職人にもほぼ同じことが言えるはずだ。

家族を優先することが、職人にできるのだろうか。仕事そのものが強い集中力を必要とする以上、それは不可能なのではないか。世の中の人間がことごとくワークライフ・バランスを保つのに失敗しているのに、アートにその身を捧げる職人がうまくいくはずがない。

フランシス・コッポラが〈インサイド・ジ・アクターズ・スタジオ〉に登場したときも、この点を考えさせる話題が出た。スタジオに集まった学生たちにコッポラは、名声が手に入るまで家庭を持つのを延ばすな、とやんわり言った。コッポラ自身若くして結婚し、金を稼がなければいけなかったが、それは映画を創る邪魔をするどころかモチベーションになったという。それでもわたし自身は、コッポラは著名なアーティストが妻や夫、親になるとき生じる問題から目をそらし、家族とアートの関係を甘ったるく語ってしまったのではないかと思っている。

コッポラの妻エレノアは、二〇〇八年に出版した自伝〈人生ノート――ある結婚のポートレイト〉（未訳）のなかで、まるで違う視点から語ってみせた。エレノアは歌手のトム・ウェイツの言葉を引用している。「家庭と仕事は相性が悪い……常にどちらかが、どちらかを食べようとしている」具体例を挙げよう。コッポラはまる三年間、フィリピンで〈地獄の黙示録〉の撮影に一種異様なほど没頭したことで知られている。おかげで危うく精神を病み、撮影中に俳優のマーティン・シーンは心臓発作を起こして死にかけた。

その恐るべき経験は、賞も獲得したエレノアのドキュメンタリー〈ハート・オブ・ダークネス／コッポラの黙示録〉によくとらえられている。彼女はCNNのインタビューに答えてこう語った。「夫は今まで生きてきたなかでいちばん過激で難しいことをしようとしていました。そんなときは何もかもがめちゃくちゃになるのです——私生活、家計、みんなの人生そのものが」

その通りだろう。コッポラが家庭を大事にする男とされているのは、娘にして映画監督のソフィア・コッポラなどを撮影に巻き込むせいだ。それでも、あなた自身が家族や友人を大事に思っているなら、アートと同じくらい大切にされていると感じてもらうためにどうしたらいいのか、ちゃんと考えなくてはいけない。

◎自分の癖と付き合う：ふところを温める

職人タイプのあなたは、お金に悩んだりしないで一生をアートに捧げることを夢見ているだろう。でも現実にはあなたを引っかく棘があるかもしれない。もしかしたらあなたは、早めにアートで生活の見通しが立つラッキーな人間かもしれない。でもそうでなければ、こんな手段を考えてみよう。クリエイティブな興味の範囲とつながるキャリアを追求し（作家なら出版業界、アプリの制作者ならコードの専門学校）、早朝や深夜をアート活動にあてるのだ。まだ年が若いなら拘束される時間が予測できるか、それほど長くならない仕事を見つけ、友だちとルームシェアをしてカップラーメンを食べよう。高校や専門学校を卒業して、アートで暮らしていけるかはっきりする二年くらいは。奨学金や助成金に応募し、クラウドファンディングで寄付を募り、小説を書いたり個展を開いたり、レコーディングをしたりするのを支援してもらおう。自分の言葉や考えをタダでばら撒くのはやめて、きちんとお金の入る出版をめざそう。人生の状況によっては難しい戦略かもしれないけれど、うまくいく可能性だってあるはずだ。

まとめ

職人、あるいはその傾向がある人間の場合、ものを創ることは生きる喜びで、自分自身を呑み込むくらい力の強いものだ。時には押さえきれないほどになるかもしれない。アートへの熱意を最大限に生かしつつ、たまにはラップトップパソコンやキャンバスから顔を上げるようにするにはどうしたらいいだろうか？

・内なるオタクのご機嫌を取ること。オタク気質はアートに欠かせない。
・ハイになる時間を楽しみつつ、それだけに頼らないこと。ドラッグのように依存性があるからだ。
・「純粋な」アーティストはかっこいいけれど、お金を稼がなければいけないのも忘れないこと。
・まわりの影響を素直に受け止め、それからあなた自身の声や視点を追求しよう。
・自分を売り出すこと。あなたの作品は大勢に見てもらう価値がある。
・友人や家族を忘れない。誰であろうと、アートだけでは生きられないのだから。

第三章

ゲームチェンジャー

——ゼロから新しいものを創る

道のままに進んではならない。まったく何もない場所を行き、みずから道を残すのだ。

——ラルフ・ウォルドー・エマソン〈自己信頼〉

あなたは子どものころ、塗り絵が嫌いではなかっただろうか。自分で絵が描けるのに、どうして塗らなければいけないのか納得いかなくて（お母さんがくれた塗り絵の本より、わたしが描いた絵のほうがずっとステキ）。

高校の授業で五ページの小論文の宿題を出されたのに、短編小説を提出したりしなかっただろうか。先生はこっそり気に入っていたのに、規則だからしかたなく「不可」をつけた。あなたはどうでもよかった。むしろ友だちに自慢したくらいだ。

もしかしたらあなたは誰にも「届かない」映画の製作費を募ろうとしているかもしれない。いつかきっと届く、そう思いながら。

そんなあなたはきっと「ゲームチェンジャー」。試合の流れを変える人間だ。

ゲームチェンジャーが創る理由

あなたがゲームチェンジャーなら、あるいはその傾向があるなら、斬新で、革新的で、未来を先取りするようなアートを生み出したいと思っているはずだ。あなたには職人タイプの一本気なところと、トップスターのエゴが備わっている。最強の組み合わせだ。あなたが創作する理由をいくつか挙げてみよう。

創作に夢中で、数え切れないくらいのアイデアか、たったひとつの抜群のアイデアを（自分で言うならそうなのだ）持っているから。手あかのついたことをやるなんて肌に合わないから。あなたにとってのクリエイターのベストテンは、人生の大半をはぐれ者扱いされながら、最後の最後に天才と呼ばれた人たちだから。師事している先生に憧れているけれど、いつか自分のほうが優れていることを示したいから。マンネリで、予定調和で、スポンサー主導で、甘ったるいビジュアルアート、音楽、出版、グラフィックデザインの世界に揺さぶりをかけることくらい、おもしろいことはないから。

ゲームチェンジャーの横顔

ゲームチェンジャーは自分のやっていることが完全に独創的で、先行する作品より優れていて、ひょっとしたら新しいジャンルの始まりかもしれないと信じている。

伝統的なソネット（十四行詩）を書く？　ソネットの名手シェイクスピアよりうまく書けないなら、書く意味なんてない。シェイクスピアの二番煎じになるくらいなら、無名でもオリジナルな作家になりたい（偉大なイギリス人劇作家の二番煎じは、世界でも指折りの詩人といえるだろうけれど）。ただし本音を言うなら、無名のままでいるのは性に合わない。

ゲームチェンジャーは政治的な意味で世界を変えたいとは思わない。それは活動家（第五章）の創作の動機だ。かわりにゲームチェンジャーはアートの境界線を広げ、人びとの世界へ

ゲームチェンジャーを名乗るあなたへ

❶ 新しいアートなんて本当にできるの、と訊かれたとき、あなたの答えは「やってみなきゃわからない」。

❷ 現状のアートに不満があり、新しい領域を探りたい。

❸ 音楽や出版や演劇業界に火をつけたい。

❹ 商業主義の危険からアートを守りたい。

❺ アーティストとしての自分はまわりの人間にいまひとつ理解されていない。

❻ アートにレッテルを貼り、分類するのがいやで、ジャンルを超えたプロジェクトを是非やりたい。

❼ 先進的なアート活動に携わったり、運動のリーダーを務めている（ひょっとしたらマニフェストだってあるかも）。

❽ アート界の先輩の影響をわざと避けようとしたことがある。

❾ 何年、何十年かかるとしても、まわりが自分のビジョンに追いつくのを待つことができる。

❿ たとえ非難を浴びても自分のやり方を守り通したい。

答えのほとんどが「イエス」だったら、あなたはゲームチェンジャー。「イエス」が2つ3つしかなくても、素質は大ありだ。さあ、先を読もう。

のまなざしを変えたいと思っている。

ゲームチェンジャーは、たとえば塗り絵のルールに不満や退屈を覚えて、作業がおもしろくなるような新しいやり方を試そうとする。

新しいアートの流れやマニフェストが生まれたら、その提唱者や作者は十中八九ゲームチェンジャーだ。でも彼らの目標が、伝統に対する青臭い反発だけから生まれているとはかぎらない。他のタイプのクリエイター同様、ゲームチェンジャーも「アクションを起こしている」のであって、「リアクションしている」わけではないのだ。ゲームチェンジャーに共感するあなたは、たぶんせっせと自分の声やスタイルを探し、独自性を追求し、自分の足跡を残し、歴史に名を残し、魂を売った大御所や有害なクリエイターたちからアートを守ろうとしているだろう。

でもゲームチェンジャーは今まで試されたことがないというだけで、新しいのはいいことだと単純に考えてしまったりしないのだろうか。それはありうる。さらにゲームチェンジャーは、自分の拓いた未知の領域に誰もついてこようとしないと不機嫌になる。

でも恐れることはない。自分への信頼と、アートの無限の可能性への信頼は、オリジナルで大胆な作品を追求するあなたの支えになることだろう。

ゲームチェンジャーいろいろ

あなたは大胆不敵で、時には物議を醸すアートで観客に衝撃を与え、あっと言わせたいと思っているかもしれない。あるいはひとつの運動を始めたり、マニフェストを創ったり、型通りのアートに車で突進したいと思っているかもしれない。突進したあとはギアをバックに入れて、もう一度しっかりと踏みしだくのだ。

次に紹介するゲームチェンジャーのさまざまなタイプに目を通し、よくあるケースの説明を読んでみよう。

◎クリエイティビティを育てる：自分のタイプを見極める

あなたはどれ？

・先取り型（「なぜ不可能というのか」とたずねる）
・理由ある反抗（型と伝統を土足で踏みつける）

・独学のアーティスト（正規のトレーニングは受けておらず、実践を通して学ぶ）
・マニフェスト作成者（アートの運動のためのマニフェストを書く）
・冒険家（創造的な勇気を発揮する）
・ジャンル破壊者（ジャンルを混ぜ合わせ、新しいものを創る）
・シーニアス（なんらかの運動や、先駆者の集団に属している）
・亀（観客を惹きつけるには時間が掛かるのも覚悟の上）
・ロードランナー（拒絶されても七転び八起き）

先取り型

ジョージ・バーナード・ショーは戯曲〈思想の達し得る限り〉のなかで、ゲームチェンジャーの自信に満ちた態度をこんなふうに表現した。「きみはものを見て『なぜか』と問う。だが私は見たこともないものを夢に見て、『なぜ不可能というのか』と問う」

「なぜ不可能というのか」と問うのはゲームチェンジャーの大きな特徴で、おかげでアート史でも最大のブレイクスルーのいくつかが起きた。

ゲームチェンジャーはアートを変えるだけではなく、「何が可能か」という常識を押し広げていく。もしかしたら彼らやあなたは、ジークムント・フロイトの弟子カール・ユングが「幻視芸術の創造者」と呼んだタイプの人間かもしれない。ユングはこんなふうに定義している。

・幻視芸術は我々を意識の外にある超人、そして永遠の世界と結びつける
・アーティストは己の運命を超越して人類に語りかけ、人類の代表として語る
・「答え」は人類全体の求めに応じて、受信する器官のある人間が発する
・アーティストは文化の精神的意義をとらえ、発信する

現代の言葉を使うならば、幻視芸術の創造者とはたぶんその世代にひとりしかいない人間で（歌手の場合が多い）、文化の大鍋の底に沈んでいる何かに気づき、それが表面でぶくぶくと泡を立てるよう仕向ける役回りだ。学生に幻視芸術の創造者を挙げるよう言うと、ボブ・ディラン、ジョン・レノン、ビヨンセといった答えが返ってくる。あなたなら誰を挙げるだろうか。

作家のジョン・ローベルは〈ビジョン的創造性〉（未訳）のなかで幻視芸術の創造者を（本書ではゲームチェンジャーと呼んでいるタイプだ）、「時代の文化をすくい取ると同時に、それを今生まれつつある世界の一部にし、我々が生きるためのまったく新しい舞台を創る人間たち」と説明している。ローベルいわく、歴代のアーティストは地平線に浮かぶ新しい世界を予見し、来たるべき変化にまわりの人間がまったく気づかないことに困惑していた。彼らは自分にしかできないアートを創り、一般の人びとが彼らの体験を追体験し、同じものを見ることを

望んでいた。

表現を変えるなら、ゲームチェンジャーのあなたは文化の中心にいながらそれを先取りしていて、片足を現在に、片足を未来に突っ込みながら生きている。さて、あなたにはまわりの人間を引っぱったり、背中を押したりできるだろうか？　自分の視点が拒絶されたとき、まわりの反発やあざけりに耐えられるだろうか？

そのためには自信を養い、批判に対する免疫をつけなくてはならない――アイン・ランドの小説〈水源〉のなかで、建築家ハワード・ロークがしているように。ゲームチェンジャーの魂をあれほどみごとに体現している人物はいないだろう。その台詞はどれも（そして彼はよくしゃべる）、ゲームチェンジャーの足もとを照らす光となるものだ。ある場面で彼は言う。「何世紀ものあいだ、世界には己のビジョン以外何ひとつ頼るものもないまま、新しい道に最初の一歩を刻む人間たちがいた。それぞれ目標は違ったが、共通するものを持っていた。その歩みは最初の一歩で、道は新しく、視点は類を見ず、まわりの反応はただひたすら憎悪だった。思想家、アーティスト、科学者、発明家といった偉大なるクリエイターたちは、同時代の人びとにひとり立ち向かった。新しく優れた思想はことごとく反対に遭った。新しく優れた発明はすべて否定された」それでも、歴史を変える改革者たちは最後に勝利をおさめた。

職人タイプと違って、過激なゲームチェンジャーは先人や自分に影響を与えた人間の功績をまったく認めないし、視界に入れさえもしない。ロークはそのことも語っている。「私は己の基準を決める。私は何ひとつ継承しない。いかなる伝統の末裔でもない。おそらく私は、ひとりで始まりを迎えているのだ」

スターの履歴書　マリーナ・アブラモヴィッチ
豊かな想像力、自信、強靭な意志

二〇一〇年、約三カ月に渡って、ひとりの女性が真のゲームチェンジャーぶりを見せつけ続けた。赤、黒、白のどれか一色のドレスに身を包み、人間離れした集中力と耐久力で、ニューヨーク近代美術館《MoMA》の白い大きな部屋の中央に置かれた椅子に座り、気が遠くなるほどの時間（計七百時間超）、目の前の椅子に腰をおろす参加者の顔を見つめ続けたのだ。彼女の向かいに座ったのは最終的に一万五千人（大半は初対面で、ひとにぎりの友人や昔の恋人が混じっていた）、展示会を訪れた客は七十五万人にのぼった。多くの人が何時間も列に並んだ。微笑みを浮かべる人もいれば、心を動かされて涙する人もいた。感動のあまり何度も繰り返し訪れる人もいた。

部屋の真ん中に座っていた女性は、何十年もパフォーマンスの「正統性」についての議論の渦中にいたセルビア生まれのアーティストで、マリーナ・アブラモヴィッチといった。他人の目をのぞきこむことがアートとして成立すると、どうして彼女は確信できたのだろうか？

アブラモヴィッチには自分のアートに対する揺るぎない自信と強い情熱、それを裏打ちする何十年もの経験があるようだ。初期のゲームチェンジャー的なパフォーマンスをふたつ紹介しよう。一九七四年、セルビアで彼女は毛皮の襟巻きやバラの花といった七十二個の品物を用意し、それに加えて（こともあろうに）弾丸を込めた銃をテーブルに置き、自分に対して使ってみるよう一般の客に呼びかけた。答えを言ってしまうが、アブラモヴィッチは死ななかった。一年後、今度は自分の肉体を極限まで追い込むために二ポンド以上の蜂蜜を食べ、ワインのボトルを一本空け、素手でそのボトルを砕き、かみそりで共産主義を象徴する星を腹に刻んだ。

ＭｏＭＡでの展示会を前にアブラモヴィッチはアートの純粋性、すなわち混じりっけのないエネルギーを取り戻したいと語った。イベントの準備と本番の様子を撮影した映像〈マリーナ・アブラモヴィッチ　ここにいるアーティスト〉のなかで、彼女はさらに詳しく説明している。「実はいちばん難しいのは、ほとんど何もしないことよ。そこにあなたがいる。ただ存在している、それだけ。他の何でもなく、自分自身を信頼しなければいけない」

健全な批判精神を持っている人間なら目を丸くしたり、「ちょっと待って」とつぶやいていたりすることだろう。ゲームチェンジャーにだって限度はある。おまけに当時そのイベントの噂を聞いていたり、観客や芸能人の様子が記憶にあったりしたらどうだろう。ジェームズ・フランコやシャロン・ストーンが参加していたし、部屋を熱狂的なカメラマンが埋めていたし、ジェイ・Ｚがそのオマージュとしてパフォーマンスをしていたのだ。それはアートだったのかただの狂騒曲だったのか、と疑問に思ってもしかたないだろう。

けれどその場にいたか、映像を見るかしたら、アブラモヴィッチがやったことは確かにアートだと納得するのではないか。それはめくるめくパフォーマンスで、ある種の哀愁にも満ちていた。アブラモヴィッチはかつて同じパフォーマンス・アーティストのウライと公私に渡るパートナーだった。何年も連絡を取っていなかったウライが、MoMAでのパフォーマンスにあらわれた。目を開けたアブラモヴィッチが向かい側に座る彼を見た瞬間は、とりわけ印象的だった。

この種のパフォーマンスに求められる思考の綿密さ、計画性、練習の量を聞いたら驚くのではないか。じっと座って、何時間も食事も取れなければトイレにも行けないのが簡単なはずがない（ただしアブラモヴィッチは、椅子に座ったまま用を足す賢い方法を考え出した）。学生時代、夜遅くまで意見交換をしていたとき、誰かが「アートって何だろう」と口走ったことがないだろうか。答えはアブラモヴィッチのパフォーマンスのなかにあるかもしれない。

理由ある反抗

〈セックス・アンド・ザ・シティ〉で、キャリーは新しい恋人のバーガー（のちにポストイット一枚で彼女に別れを告げる男）がまだ元の彼女に未練があるのではないか、と疑問を持つ。バーガーは前の恋人にもらった快眠グッズをカエルの鳴き声に設定して使い続けていて、キャリーはそろそろ我慢の限界だ。ようやくバーガーが、前の恋人に振られたことを引きずっていると白状すると、キャリーは再出発のために新しい快眠グッズをプレゼントする。さて、何の音が設定できないようになっていただろうか？「カエル」と答えたあなた、正解。

アートとは時にそのようなものだ。新しいものは、ある面においては古いものへの反動から生まれる。印象派は美術界を支配するアカデミーと、絵画にふさわしい題材をめぐる彼らの狭い視野に反発する形で生まれた。モダンダンスはクラシックバレエの型に抵抗した。パンクは商業主義に侵されたロックへの批判だった。創造性が求められるジャンルでのお気に入りのアートを思い浮かべて、その出発点と、始まった場所からの離脱について考えてみよう。

けれどこういった運動はただ過去に反発していただけではない。それらはアーティストが自分の声とスタイルを見つけ、独創性豊かに創作し、「汚された」アートを救うためのものだった。過去を王座から引きずり下ろすか、少なくとも立場を不安定にするくらい革新的なアートを始めるのだ。

ずいぶん大げさな話に聞こえるかもしれないけれど、伝統とたもとを分かつという決断は、実はかなり個人的な（恨みのこもった）理由に基づいていることもある。たとえば伝統破壊者のアーネスト・ヘミングウェイだ。

ヘミングウェイはあの独特にして斬新な書き方を偶然見つけたわけではない。ちゃんと計画があったのだ。彼には無駄がなく、直接的で、簡潔な、当時は新聞でよく見られた文体で行為と感情を伝えたいという欲求があった。二十世紀初頭にもてはやされた、けばけばしく凝った文体の反対を行きたかった。とりわけヘンリー・ジェイムズのような小説は反面教師だったのだが、それにはある特別な理由もあった。

ヘミングウェイの最初の妻ハドリーが、夫の記事を書こうとしていた新聞記者に、自分のお気に入りの作家はヘンリー・ジェイムズだと言ってしまったのだ（たしかに、それはまずい）。何年も経ってからハドリーは友人に、妻の言葉を聞いた夫が「噴火」し、「『ジェイムズ』は我が家では口にしてはならない言葉になってしまったの」と語った。案の定と言うべきだろう。

ヘミングウェイの小説や物語はもう何十年も読まれ、研究の対象にされ、その文体も大勢の作家が吸収して模倣しているので、どこが革新的だったのか理解するのは難しい。でもそれは革新的だったのだ。

ヘミングウェイは自身の文体について、一九六〇年代初頭に発表した〈移動祝祭日〉のなかで語っている。一九二〇年代のパリで小説を書いていた日々を振り返る内容だ。「自分の文章をすっかり解体し、余計なものを取り除き、描写にかわる書き方をしようとしていたときで、そうして書くのは素晴らしいことだった。だがとても難しかった」

自分自身と作家志望の人間に対するヘミングウェイのアドバイスは――後に続く何世代もの作家を勇気づけ、同時に脅かしたアドバイスは――こんな具合だ。「きみがしなければいけないのは、ただひとつの真実の文章を書くことだ。きみが知っているかぎり、もっとも真実に近い文章を書くのだ」ゲームチェンジャーにとっては、その真実の一文が流行りのスタイルと一線を画していたらなおいい。

創造的な作業を手がけているとき、どうやったら独創的なやり方ができるだろう、と自問自答することはないだろうか。どうして世の中のロック、短編小説、ドキュメンタリー映画は手あかのついたスタイルを模倣するのだろう。意外性に満ちて、ひょっとしたら人の神経を逆なでする文章を書いてみたい。そう思うのはゲームチェンジャーの証拠だ。

独学のアーティスト

創造性は必ずしも専門知識を要するものではない。とりわけゲームチェンジャーはそう思っている。第二章「職人」で取り上げたように、練習が名人への道に欠かせないのは事実だ。けれど極端な練習にはデメリットもある。

心理学者のスコット・バリー・カウフマンが〈サイエンティフィック・アメリカン〉に寄稿した記事によると、オリジナリティを求める人間（つまりゲームチェンジャー）にとって、練習は逆効果になる場合がある。「専門性の獲得はクリエイターにとってもっとも魅力の薄い分野だろう。クリエイターは現存するものを急いで学び、それを超えていこうとする」こんなことも書かれている。「知識の詰め込みは柔軟性を阻害する」ある研究によると、たとえばクリエイティブ・ライティングのようなジャンルの場合、正式な訓練を受ける機会は山ほどあるけれど、生徒がオリジナルな作品を生み出す可能性とは反比例するという。クリエイティブ・ライティングの講師であっても、わたしにはそのような危険があることがある程度理解できる。

ポップミュージックを例にとるなら、ビートルズのメンバーは誰も正規の音楽教育を受けていなかった（楽譜さえ読めなかったのだ）。けれど、彼らが何を生み出したか考えてみてほしい。きちんと訓練されたクラシック演奏家にしてプロデューサーのジョージ・マーティンは、ジョン・レノンとポール・マッカートニーがルールに無知だったことが、作詞に大きな影響をもたらしたと信じている。ビートルズ本〈ア・デイ・イン・ザ・ライフ〉（未訳）のなかで、マーティンはこう語っている。「ひとたび教えを受けたら、脳はあるひとつの方向に固定されてしまう。ポールの脳はそんなふうに固定されていなかったから、彼には自由があり、私ならとんでもないと一蹴したであろうアイデアを思いつくことができた。私はそんな発想に憧れたが、音楽教育のせいでみずから考えることはできなかった」

マーティンが控えめに語っているのは間違いないとしても、彼がビートルズ音楽の「実現者」を名乗っているのは興味深い。とりわけ〈サージェント・ペパーズ・ロンリー・ハーツ・クラブ・バンド〉を創ったときはそうだったようだ。クラシカルな要素を編曲し、サウンドエフェクトを追加するのにビートルズはマーティンを頼った。彼らにはそれができる技術がなかったのだ。〈ア・デイ・イン・ザ・ライフ〉のスリリングなクレッシェンドを思い出してみてほしい。ビートルズの実験精神とマーティンの音楽教育が、勝利の方程式を導き出したのだ。

そう、ゲームチェンジャーのあなた。このエピソードの教訓は、自分で試し、教わり、学んだことを生かして（縛られるのではなく！）自分なりの視点とオリジナリティを打ち出すことだ。

マニフェスト作成者

もしあなたが運動のリーダーで、マニフェストまで書いていたとしたら、それはゲームチェンジャーの確かなしるしだ。マニフェストは二十世紀初頭のモダニズムやアヴァンギャルド運動には必須で、その後いったん廃れ、一九九〇年代にインターネットの普及とともに復活した。だいたいが伝統に反旗を翻《ひるがえ》し、変化をうながすために書かれていて、そのレトリックは挑発的なこともあれば、時にはちょっとおもしろいこともある。

印象的なマニフェストを残した三つのアート運動を紹介しよう。

未来主義は一九〇九年のイタリアで産声を上げ、二十世紀最初のアートのマニフェストを生み出した。作者は思想家で作家のフィリッポ・トンマーゾ・マリネッティで、フランスの新聞〈ル・フィガロ〉の一面にわざわざ掲載されたくらいだ。アートのマニフェストが新聞の一面を飾るなんて、今では想像できないだろう。マニフェストは三つの宣言で始まる。

1　我々は危険を冒すことへの愛、恒常的なエネルギーと恐れを知らない心を歌う。

2　勇気、大胆不敵さ、反逆心が我々の詩の根幹を成す。

３　今に至るまで文学は停滞し、白昼夢を見ていた。我々は破壊的な行為、覚醒、二重の人生、平手打ちと拳固を称揚する。

おもしろいのは言うまでもなく３だ。

ダダイスムは一九一六年のチューリッヒで、ルーマニア系フランス人の詩人兼エッセイスト、トリスタン・ツァラが始めた。ダダイストはナショナリズムと合理主義が第一次世界大戦を引き起こしたと信じていて、アートはジャンルを問わずそれらの思想に反発するべきだと説いた。運動開始を告げるマニフェストにはこんな力強い一節がある。「ダダは独立の必要性と、団結への疑義から生まれた。我らとともにある者は自由を保持するだろう。我々はいかなる仮説も認めない」

スタッキズムは一九九九年に生まれたイギリスのアート運動で、スタッキストと呼ばれるその信奉者たちは「コンセプチュアル・アート、快楽主義、アーティストのエゴをよしとする風潮への反発」を主張した。毎年、スタッキストたちはロンドンのテート美術館の外でデモをすることで知られている。五十歳以下のアーティストを対象にした、英国人の画家Ｊ・Ｍ・Ｗ・ターナーにちなんだターナー賞が贈与される場所だ。彼らのおおまかな主張は次のようなものだ。

・絵を描くのは自己発見の道具だ。
・描かないアーティストはアーティストじゃない。
・展示室の中でしかアートにならない作品はアートではない。

なかなか反論が難しいけれど、あなたが描かないアーティストならそれも可能だろう。現代のアーティストの大半はそれに当てはまるはずだ。

公式な運動に参加してないからといって、個人的にマニフェストを書いてはいけないということはない。馬鹿らしく聞こえるにしても、自分が何のために境界を破壊するアートを手がけようとしているのか、確かめるとき役に立つはずだ。

ゲームチェンジャーのポジティブな性質

創造的勇気を備えていること

心理学者のロロ・メイは、ゲームチェンジャー的な性格を持ったアーティストを「創造的勇気を持つ人びと」と表現した。著書〈創造への勇気〉のなかでは、こんなふうに定義している。「道徳的勇気があやまちを正すことを指すのに対して、創造的勇気は新しい社会の礎となる新しいフォーマット、新しいシンボル、新しいパターンの発見を指す」

ずいぶん漠然としているように聞こえるかもしれないけれど、自分自身の人生に引きつけたらより実感できるのではないか。たとえば創作ワークショップに自分の内面を綴ったエッセイを持っていったのに、どうしてあなたが一人称のかわりに二人称を使ったのか、みんなが首をかしげていたとしよう。エッセイには一人称を使うのが当然でしょう？　あなたはまわりの人間の反論に耳をかたむけるけれど、講師もクラスメイトも「そんなやりかたは変」、「自分に関するエッセイは一人称で書かなければだめ」としか言わない。あなたは黙って彼らの主張を受け入れたりしないだろう。批判は受け止めるけれど、伝統を盾に自分の視点を取り下げるよう言われても納得できない。あなたはアーティストとしての自身の判断を擁護する。小さな話とはいえ、それが創造的勇気というものだ。

ゲームチェンジャーのあなたはいつの日か、もっと大きな舞台でそんな勇気を披露するアーティストになるかもしれない。今から挙げるような、創造的勇気を旗印とする先人たちの仲間入りを果たすのだ。

十九世紀末にフランス印象派の口火を切ったエドゥアール・マネは、ヨーロッパの伝統的な油絵の主題のかわりに、当時の生活と「普通の人びと」を描いた画家のひとりだった。とりわけ彼の「性的な」絵画はフランス社会にショックを与え、物議を醸した。たとえば〈草上の昼食〉では、裸の女性がきっちり服を着たふたりの男性と食事をしている。男たちはたがいのことしか眼中にないが、彼女はまっすぐこちらを見ていて、奥では半裸の女性が水浴びをしている。フェミニストの理想とはいえないにしても、絵画に「ふさわしい」題材を選んで自己規制するのを拒絶した点で、お上品な美術の世界を揺さぶるという目標は達成した。その絵の解釈のひとつが、パリ西部の郊外にあった大きな公園〈ブローニュの森〉で売春が横行していたことを示すというものだ。売春婦たちがそこにいるのは誰もが知っていたけれど、絵画の主題としてはふさわしくないと思われていた。

〈草上の昼食〉には、当時崇拝されていたルネサンス絵画に尊敬の念を示しつつ、そこから脱却するという意味もあった。マルセル・プルーストによると、マネとふたりでセーヌ川のほとりで寛《くつろ》いでいたとき、ある有名な作品を現代的な手法で描き替えようとしている、と彼が言った。その作品とはジョルジョーネの絵で、自分は「身のまわりにいる人びと」を描くつもりだという。

〈草上の昼食〉が一八六三年のサロンで落選すると、マネは他の二枚の作品と一緒に第一回の落選展に出展して、世間の耳目を集めた。他の画家に与えた影響ははかり知れない。長年に渡ってその絵はクロード・モネ、ポール・セザンヌ、パブロ・ピカソ、ポール・ゴーギャン、作家のエミール・ゾラ、映画監督のジャン・ルノワールにもインスピレーションを与え続けた。

フランク・ロイド・ライトは世界屈指の建築家だった（自称「生ける最高の建築家」）。九十一歳で亡くなる直前まで仕事をこなし、二十世紀とそれ以降の建築界に君臨した。ゲームチェンジャーらしく、アメリカ建築界の反逆児で、現在も続くモダニズム建築の旗手だった。

ライトが登場したとき、アメリカの建築はまだ何世紀も前のヨーロッパ建築に席巻されていた。ライトはかわりに自身が育った広大な草原から着想を得て、「草原様式」の運動を牽引した。外観よりも機能を優先し、建物は周囲の環境と調和するよう建築されるべき、という考え方だ。代表作はペンシルベニア州南西部の郊外の滝の上に建てられた家〈落水荘〉で、アメリカ建築協会から史上最高の建築物だと認められている。

またライトは都会の摩天楼に批判的で、アメリカから「醜悪さへの欲求」を駆逐しようと訴え、箱のような形の建物は「感性に訴えるとはいえない、人間の魂の棺のようなもの」と言った。一九四三年にニューヨーク・シティのグッゲンハイム美術館から仕事の依頼を受けたときは、ニューヨークの有名な空の情景を形づくる摩天楼とは正反対の建物を造った。これでは作品がまともに展示されないのではないか、といらだつアーティストたちをよそに、ライトはグッゲンハイム美術館を螺旋状に造り、地上からとぐろを巻く傾斜路ぞいにひとつながりの展示室を設けた。その独創的なスタイルは賛否両論だったが（ある批評家は「食べられない渦巻きパン」と称した）、グッゲンハイムはニューヨーク・シティの象徴として敬意を集めるようになった。残念ながらライトは完工を待たずにこの世を去った。

ジャック・ケルアックはビート・ジェネレーションの草分けで、斬新な小説〈オン・ザ・ロード〉で運動の知名度を確かなものにした。流行に敏感な若者や、元ヒッピーの親の世代に今でも人気の高い本だ。百二十フィートの巻き紙に書かれた小説に編集者はいい顔をせず、ふたりの関係はおしまいになった。七年かけてようやく一九五七年に出版されると、カウンターカルチャーの必読書になり、続く何世代もの作家がクールで流れるような文体のとりこになった。

アルフレッド・ヒッチコックが「ザ・マスター」と呼ばれるのにはいろいろな理由がある。観客の集合意識の理解、サスペンスを高める天才的な手法、特殊効果の開発など、挙げていけばきりがない。

でもあまり知られていないのは、人びとが映画を鑑賞する方法を変えたという点だ。一九六〇年に〈サイコ〉が上映されたとき、ヒッチコックは武器を持った警備員を映画館に配置し、残り二十分のあいだ観客が入場できないようにした。にわかに信じられない話だが、〈サイコ〉以前の観客はふらりと映画館に行き、どこからでもいいから鑑賞を始め、本編が終わり、B級映画が終わり、アニメーションが終わり、ふたたび本編が始まるのを待ち、見逃した箇所を観ていたのだ。〈サイコ〉以降、観客は開始時間に合わせて映画館を訪れ、最初から通して観るようになった。ヒッチコックは脚本の書き方も変えた。いまや脚本家たちは、観客が最初から観ることを想定して書くことができた。もう場面ごとに誰が主人公で誰が敵役か、わかりやすく書くことを強要されずにすむ。

ヒッチコック・ファンとして知られるジャン＝リュック・ゴダールは、フランスのヌーヴェルヴァーグを代表する映画監督のひとりだ。「アンチ・ハリウッド」と非難されていたけれど、実はその逆ともいえる。彼はハリウッド映画、とりわけノワールを愛していて、伝統を尊重しながらも逸脱することを望んだ。お決まりのノワールの筋書きを使いながら、ふつう映画では見られないアクションや技法を使った。一九六〇年の〈勝手にしやがれ〉は、警官殺しのフランス人ミシェルとアメリカ人の恋人パトリシアの関係が中心になっているが、物語はふたりがベッドに横になり、筋にもミシェルの犯した罪にも関係ない会話をかわしながら展開する。

ここにもまた伝統にひねりを加えた跡が見られる。伝統的なハリウッドの映画監督はスムーズな映像を作るようこころがけ、編集に気づかれないようにしていたけれど、ゴダールはハリウッドの編集システムという「見えざる手」をわざと見せたのだった。たとえば〈男性・女性〉では「ジャンプカット」、すなわちふたつの連続する場面で、カメラの角度を少し変えることで違和感を与える方法を使っている。〈気狂いピエロ〉では、主人公はカメラをのぞきこんで観客に語りかけ、観客と作品を隔てる「第四の壁」を崩している。それ以降の映画監督たちはその技法を模倣することで、ゴダールのゲームチェンジャーとしての評判をより確固たるものにしている。

料理人にして作家のジュリア・チャイルドの最大の功績のひとつは、アメリカにフランスの味覚を広めたことだ。数年間フランスで暮らし、現地の料理に習熟したチャイルドは、上下巻合わせて一・四キロ弱の料理本〈王道のフランス料理〉（未訳）を共著で出版しようと思いたった。第一巻は一九六一年に、第二巻は一九七〇年に完成した。本の知名度を上げるため、チャイルドはボストンのテレビ局でオムレツを作り、アマチュアの料理人でもフランス料理の基本を身につけられると訴えた。料理ときたらせいぜいハンバーガー、ステーキ、ミートボール・スパゲティくらいだったアメリカの主婦たちにとって、コッコーヴァン（鶏の赤ワイン煮込み）のような料理は敷居が高かったけれど、気さくでユーモアあふれるチャイルドが登場したおかげで、自分たちにもできるのではないかという気になった。彼女は女性としてはじめてアメリカ料理協会の殿堂入りを果たし、フランスの最高の栄誉レジオン・ドヌール勲章をもらった。

シュガーヒル・ギャングはシングルテイク（編集なし）で〈ラッパーズ・ディライト〉を録音し、一九七九年にリリースした。世界初のラップソングではなかったけれど、そのレコードのおかげでラップはナイトクラブから商業の場に活動の領域を移した。十五分もある曲だったのに、ラジオ局は通して放送した。次にシュガーヒル・ギャングは七分間のバージョンを録音し、黒人社会のサウンドを白人の観客に届けた。〈ザ・ヴィレッジ・ボイス〉や〈ヴァイブ〉の記事で知られるハリー・アレンはこう書いた。「ヒップホップの役割は、語りの場から締め出されている人々に語らせることだった」

二〇一二年、アメリカ議会図書館は「文化的、歴史的、美的に重要な」数曲のひとつとして〈ラッパーズ・ディライト〉を国家保存重要録音登録制度に加えることにした。〈ラッパーズ・ディライト〉は、ベストの歌あるいはもっとも影響のある歌に何度も選ばれている。

歌劇の台本作者、ラッパー、作曲家にして俳優のリン・マニュエル・ミランダは、ブロードウェイのミュージカル〈イン・ザ・ハイツ〉や大ヒット作〈ハミルトン〉で知られている。(TV番組のなかでパロディが流れたらミュージカルは成功したということだ。〈インサイド・エイミー・シューマー〉で、ミランダ自身がゲスト出演するパロディ版〈ハミルトン〉が放映されたように)。〈ハミルトン〉は白人の建国の父たちの物語だけれど、観客の予想に反してさまざまなキャストが出演し、音楽もヒップホップのようなモダンなものが使われている。今まさに意見の分かれる、「移民の働きとアメリカの成功」というテーマも扱われている。二〇一六年の七十周年トニー賞で〈ハミルトン〉はベストミュージカル賞を含む十一冠に輝いた。その一年前には、ミランダはホワイトハウスのバラ園で、オバマ元大統領を前にフリースタイルのラップを披露するチャンスにも恵まれていた。

ジャンルを拒絶する。または、ジャンルは終わった(あなたが望むなら)

ジャンルを破壊するのはゲームチェンジャーの本領だ。なぜジャンルを隔てる壁はこれほど強固で、突き崩しにくいとされているのだろう? オリジナルな曲を生み出すためにそんなものとっぱらってしまえばいい。カテゴリーやレッテルを拒絶し、新しい視点を試したいという思考は、ゲームチェンジャー的なアートを生み出すきっかけになる。

こんな例が挙げられる。トルーマン・カポーティはジャーナリズムにフィクションをもたらした。ボブ・ディランとポール・サイモンはロックに詩をもたらした。パティ・スミスは詩にロックをもたらした。シルヴィア・プラスはフィクションに詩をもたらした。ジーン・トゥーマーの著作〈砂糖きび〉は、あらゆるジャンルの縛りを拒絶する。これらのクリエイターたちは意図的にジャンルを超越したのであって、単なる幸運な偶然ではない。

回想録〈ジャスト・キッズ〉のなかで、パンクの女王スミスはこう語る。「わたしは活字に、ロックンロールの直接的で正面攻撃的な性質を加えたかった」二〇一五年のニューヨーカー・フェスティバルで、スミスは〈ニューヨーカー〉の編集者デイヴィッド・レムニックと対談している。話のあとは〈ビコーズ・ザ・ナイト〉のサプライズ演奏で、レムニックはスミスの歌にギターでうまく伴奏をつけてみせた。スミスは自分が詩を追求しようと思った動機について振り返っている。「わたしは詩をもうちょっと生々しいものにしたかっただけ」詩人から作詞家へというスミスの歩みは、まさにそれを反映している。

作家シルヴィア・プラスにも、ジャンルを超越するゲームチェンジャーの資質が備わっていた。小説〈ベル・ジャー〉の構想を練り始めたころ、ある「発見」の瞬間を経験し、日記に綴っている。「詩人のように言葉を使うこと。それでいいんだわ！」そのあとはこう続く。「わたしは言葉のアーティストにならなくては」「言葉のアーティスト」は単なる新しい作家のタイプではなく、プラス自身にとっての自分のあり方、すなわちアーティストとしての自己認識を示していた。その認識と目標を探し当てたあと、プラスは詩的な感性を散文に持ち込むことを思いついた。発見の瞬間がなければ決してできなかっただろう。

ふたつの人種の血を引くハーレム・ルネッサンスの作家ジーン・トゥーマーも、伝統的なジャンルに縛られるつもりはなかった。伝統的な人種の区分けさえも拒否して、時には黒人として扱われ、時には白人の一員として振る舞うこともいとわなかった。〈砂糖きび〉は南部で生きる黒人たちのルーツと経験を描いた短編集だ。自伝のなかでトゥーマーはその本を、ひとつの時代の終わり、民衆の魂の終わりを告げる別れの歌だと言っている。物語は散文、詩、戯曲のような会話のやりとりを自在に行き来する。〈砂糖きび〉をひとつのジャンルに収めるのは不可能だ。

これらの作家はみんな笑われても、あざけられてもいいと思っていた。批評家の好意的な反応は期待できないし、大衆に受け入れられることがないのも知っていた。それでもとにかく前に進み、自分にしかできないやり方で仕事を続けたのだ。

◎クリエイティビティを育てる：ジャンルの破壊に手を染める

多くのクリエイターと同様に、ゲームチェンジャーも安全圏に引きこもってしまうことがある。でもちょっとでいいからジャンル破壊をやってみて、どうなるか結果を見てみよう。無残な失敗に終わるかもしれないし、ひょっとしたらおもしろいことになるかもしれない。ロックを作曲するなら、ヒップホップのビートを当てたらどうだろうか。水彩画を描いているなら、ペンやインクを使ってみよう。小説を書いているなら、登場人物の手紙や日記を織り込んでみたらいいかもしれない。素材を混ぜ合わせたらきっと、何かが起きる。

「シーニアス」の一員になる

ゲームチェンジャーはだいたい独立独歩の人びとだ。ただし場合によっては、その時代のカルチャーの中心といわれる都市に行き、そこに住む先進的なアーティストたちの「天才集団」に加わることもある。その現象を説明するために、音楽家にしてプロデューサーのブライアン・イーノは「シーニアス」という造語を、二〇〇九年のルミナス・フェスティバルで披露した。

美大の学生だったころ、イーノはヨーロッパの歴史のなかには何人かの偉人がいると教えられた。どこからともなくあらわれて、ひとりでアートに革命を起こしたといわれる人びとだ。でもイーノには納得できなかった。かわりに彼は、歴史の流れにはときどき「アーティスト、収集家、キュレーター、哲学者、学者、センスがよくて流行の先端にいる人びとが大勢集まり、豊かな何かを生み出す」場面《シーン》があることに気づく。「全員で、一種の才能のプールを創り出していたのだ。そしてそのプールから優れた作品が生まれた」つまり「シーン」＋「天才《ジーニアス》」＝シーニアス。

レオナルド・ダ・ヴィンチやミケランジェロのような天才が、同じ時期にイタリアのフィレンツェにいたのを不思議に感じたことはないだろうか。あのころは他にも有名な画家や彫刻家がひしめきあっていた。〈世界天才紀行〉のなかで、エリック・ワイナーはシーニアスが発生するふたつの条件について語っている。一つは、新奇なものごとに寛容であること。もう一つは、才能ある異邦人に同じくらい寛容であること。ルネサンス期のフィレンツェはまさにその条件を満たしていた。ワイナーは〈ＰＢＳニュースアワー〉のインタビューに答えてこう語っている。「人びとは互いの知性の『ポケット』を頼って生きていた。アイデアを分かちあっていた。そんな信頼感があるいっぽう、多少の火花が散る程度の緊張感はあった」

ベートーヴェン、モーツァルト、ハイドンがそれぞれ偉業を達成した十八世紀後半のウィーンも同様だったという。三人ともそこで生まれたわけではなく、全員移民だった。ウィーンの革新的な空気が、彼らをはじめとするアーティストを惹きつけ、そこで暮らし始めたアーティストたちは街を文化の中心地に変えた。

現代では、作家のシーニアスはブルックリン、音楽家はフィラデルフィア、映画監督はオースティンだといえる。ゲームチェンジャーのあなたはきっと、シーニアスのエネルギーに興奮を覚え、カフェや書店、画廊や地下のスタジオでかわされているアートをめぐる会話に参加したいと思うだろう。そこは特別な場所と時間だ。まわりの資源を吸収し、あなた自身の時間とエネルギー、枠にとらわれない思考を差し出そう。

味方を見つける——パトロン、パートナー、好意的な批評家

ゲームチェンジャーのあなたは、人に誉められなくたってかまわない、そんな必要なんてないと思っているかもしれない。それでも、外は寒いし、世間は認めてくれないし、ちょっとくらい味方の誉め言葉で暖まってもいいいじゃない。

ウィリアム・シェイクスピアはエリザベス女王とジェームズ一世をパトロンに持ち、必ず舞台が上演できるよう取り計らってもらっていた幸運な人間だった。詩人のエドナ・セント・ヴィンセント・ミレイにも、顔立ちがよく面倒見のいい夫オイゲン・ボイザベーンがいた。オランダ人の輸入業者にしてフェミニストで、妻に落ちついた家庭環境を与え、執筆のため家事一

切を引き受けた男だ。映画監督のアーサー・ペンの場合、一九六七年の映画〈俺たちに明日はない〉は最初のころ賛否両論だったけれど、映画評論家のポーリーン・ケールが作品を擁護する七千語の評論を〈ニューヨーカー〉に寄稿してくれた。

画家のジャクソン・ポロックの場合、運がいいことに忠実なるパトロン、優しいパートナー、好意的な批評家の三人がそろっていた。

第一章「トップスター」で説明したように、ポロックはアメリカ人の画家としてはじめて、パブロ・ピカソやワシリー・カンディンスキーなど二十世紀のヨーロッパのアーティストが投げかける長い影から脱却した。それを可能にした理由のひとつが、ある程度の成功を収め、グッゲンハイム一族のペギー・グッゲンハイムの目に留まってパトロンになってもらえたことだ。一九四三年、彼女はニューヨークの別邸の壁画の制作を依頼し、すべてポロックの自由にしていいと言った。ところがポロックは「ライターズ・ブロック」の画家版を発症してしまう。自身の声とスタイル、つまり新しく大胆なアメリカン・スタイルを見つけるのに四苦八苦したのだ。

映画〈ポロック　二人だけのアトリエ〉（主演のエド・ハリスはポロックにそっくりだ）は画家のいらだちと絶望、そして壁を越える瞬間の歓喜をみごとにとらえている。何日も何ひとつできず、真っ白なキャンバスを見つめ続けたあと、天の啓示が降りてくる。ポロックは心のままに、無我夢中で巨大なキャンバスに絵の具を叩きつける（突き刺すといったほうがいいだろうか）。朝になると未来の妻にして同業者、どこまでも優しいリー・クラズナーが、トイレに座ったまま寝ている恋人を見つける。疲れきって身動きできないのだろう。絵が出来上がったことをクラズナーは悟る。廊下を走っていき、作品を見たときの彼女の表情は忘れられない。

クラズナーが見たのは前代未聞の作品で、タイトルは前代未聞とはいえない〈壁画〉といい、八フィート×二十フィートのキャンバスはエネルギーに満ちていた。その極限のスケールと大胆さが、抽象表現絵画を新たな高みに押し上げ、ポロックを先駆者として定着させた。

ポロックには裕福なパトロンと理解あるパートナーがいた。では好意的な批評家はどうだろうか。それもいた。〈ネイション〉や〈コメンタリー〉に寄稿していたクレメント・グリーンバーグは、長いことポロックの熱烈な信奉者だった。〈壁画〉をひとめ見て「ジャクソンはこの国が生み出した最高の画家だ」と悟ったという。

◎長所を伸ばす：味方を見つける

ゲームチェンジャーのあなたは他のどんなタイプにも増して、行き詰まったときにまわりに励ましてもらい、誉めてもらうことを必要としているかもしれない。そして行き詰まりはいつか必ず訪れる。パトロンはそう簡単に手に入らないけれど、アートの世界で身を立てようとしているあいだ、しばらく経済的に支えてくれる両親やパートナーはいないだろうか。絶対的なファンについては、きっと友人や仲間があなたのやろうとしていることを理解してくれるか、昔自分も同じ立場にいたので、落ち込んでいるときに元気づけてくれるはずだ。そして「おたがいさま」の精神を忘れないこと。フォローしたり「いいね!」を押したり、何でもいいからSNSやオンラインのコミュニティで相手を元気づけよう。うまくいけば向こうも同じようにしてくれるはずだ。

ゲームチェンジャーの注意点

ゲームチェンジャーのあなたはアート界の新しい道を開拓し、自分についてくるようまわりに手招きしている。あなたが直面するかもしれない。困難と、自分の道を見失わないためにどうやって癖を抑えたらいいか考えてみよう。

忍耐心は得難い美徳

あなたには他の人間が「いくらなんでも」と言うような計画があるかもしれない。アイデアには自信があるのに、なかなかみんな賛同してくれない。ゲームチェンジャーは他の人間の反応に惑わされたりしないけれど、いっぽうでアートが評価されるには先見の明、タイミング、世間の寛容さが欠かせない。

でもその時は何カ月も、何年も、それ以上も訪れないかもしれない。ゲームチェンジャーはどうしたらいいのだろう。否定的な声を振り切って前進し、何年も経ってから「時代を先取りしていた」と言われることを期待したらいいのだろうか。

あるいは気象学者のような正確さで嵐の到来を探り、ここぞというタイミングで一撃を繰り出すべきなのだろうか。

一撃必殺だったのがトルーマン・カポーティだ。おかげで一九六六年の作品〈冷血〉は大評判になり、何十年も経った今でも幅広く読まれている。〈冷血〉は初の長編クリエイティブ・ノンフィクションで、事実を描くにあたってフィクションの傑作にみられるすべての要素が用いられたといわれる。すなわち複雑な内面を持つ登場人物、深みのある会話、鮮やかな描写だ。まだ〈冷血〉を読んだことがないなら、今すぐ書店に行くことをお勧めする。小説家の感性と鋭い技法を使い、背筋の凍るような連続殺人を描いたなんとも魅惑的な作品だ。

当時カポーティには〈ティファニーで朝食を〉などの小説があり、フィクションの分野では既に知られていた。でも彼は新しい手法を準備していて、大御所や世間からの拒絶も織り込みずみだった。わたしには漫画のような彼の姿が見える。両手をこすり合わせ、唇をなめ、文学とジャーナリズムの世界がひっくり返るときを楽しみにしているのだ。

そしてその時が訪れた。もっと正確に言うなら、カポーティはチャンスの到来を悟り、すかさず飛びついた。始まりはカンザス州郊外で真夜中に起きた理不尽なクラッター一家惨殺事件についての、短く目立たない新聞記事だった。カポーティは事件について調べ、背後にある物語を伝えたいと思った。ただし伝統的なジャーナリズムの手法でその課題に取り組むかわり、六年をかけて加害者ふたりや、クラッター家について知っていた街の人たちに取材した。それから小説の登場人物を書くようなやり方で、彼らについて書いた。カポーティはすべてを見通す神のような作者として人びとの頭のなかに入り込み、とりわけ謎めいた殺人者、ペリー・エドワード・スミスを描くときはその立場に徹した。

〈ニューヨーク・タイムズ〉記者のジョージ・プリンプトンに、なぜわざわざこの事件を選んだのかと訊かれたカポーティは、自身の選択を「純粋に文学的な理由」と言った。「私の決断は、二十年以上前に作家になったときから温めていた文学的仮説にもとづいていた。すなわちジャーナリズムやルポルタージュは、新しい重要なアートの分野になり得るということだ。私の表現で言うなら『ノンフィクション・ノベル』だ」

二十年前から?

カポーティは続けた。「最初にノンフィクション・ノベルをめぐる仮説を立てたとき、その話を聞いた人びとの多くは好意的ではなかった。私の言っていることを、『想像力の枯渇』に苦しむ落ち目の作家の言い訳くらいにしか思わなかったのだ。個人的に私は、彼らこそ『想像力の枯渇』に見舞われていたのだと思う」

カポーティにとっては、してやったりという感じだろう。

◎クリエイティビティを育てる：不安に名前を与える

ゲームチェンジャーはオリジナリティ命で、先見的な視点を認めてもらいたいと思っている。でも時代の先を行っているかぎり、ひとりきりになることにも耐えなければいけない。それは怖いことだ。不安を乗り越えるか、最低でもうまく付きあっていくかするには、不安の正体を見極めるのが肝心。ゲームチェンジャーにありがちな不安はこんな感じだ。

・誤解される
・拒絶されたり、叩かれたりする
・生きているうちにアートが認められない
・オリジナルだと思っていたことに前例がある

・妥協しなければいけない

どれが自分に当てはまるか考えたら、あと三つ不安をリストに追加してみてほしい。それからひとつひとつの不安について「じゃあ何ができるのか？」を考えてみよう。たとえばあなたの最大の恐怖が、ひっきりなしに断りの手紙を受け取ることだとしたら、どうやったらまわりにあなたの考え方を理解してもらい、その運命を受け入れるか（あるいは変えられるか）書きだしてみるといい。これ以外の不安に対しても同じ手順を繰り返し、不安の度合いが薄まったか確かめてほしい。

批評家を全員満足させるのは不可能

革新的なアートを手がけるつもりなら、批評家の反発は覚悟しておこう。SNS上で発表したら彼らを回避することもできるけれど、それでもプロの批評家にはまだ強い影響力がある。あなたのキャリアを後押しすることもできれば、一晩で舞台を中止に追い込んだり、本や音楽の売り上げを落としたり、あなたの能力について世間に疑問を持たせたりできるのだ。そんなことをさせてはいけない。

著名な研究者にして文芸批評家のヘレン・ヴェンドラーは〈パリ・レビュー〉のなかで、のちにその輝かしい才能を認められる詩人も、（彼女自身を含めて）批評家に評価されないことがあるのを認めている。「そのとき自分が理解できなかったせいで、素晴らしい作品に低い評価をつけてしまうのは恐ろしい。それをしてしまった批評家は大勢いる。キーツの批評家は『医学の世界に帰れ』と彼に言った。スティーブンスの批評家は、ただの伊達男だと切り捨てた。〈荒地〉の批評家たちは、こけおどしだと思った。そして私自身、批評家として言うが、パウンドのことは評価していない。私は彼について一度も書いたことがなく、前世紀末の取るに足らない詩人だと考えている」もちろんエズラ・パウンドは、取るに足らないなどということはない。

そんなわけでゲームチェンジャーのあなたはよく覚えておこう。批評家がいつも正しいとはかぎらない。そして一般の人びとのほうが、批評家より新しい実験に寛容かもしれない。ジャネット・ウィンターソンはCBSラジオの〈ライターズ&カンパニー〉のなかで、読者についてこう語った。「作家を信頼し、その言葉によって必要な足場と手すりを得ることができた読者は、どんな予想外の場所にもついてきてくれます。わたしは自分の読者にもそれを期待しています。山登りに行くとき、一緒に来てほしいのです。テーマパークをそぞろ歩くのではありません。行き先はわたしも彼らも知らない危険な場所で、まずわたしが先に行くことで、あとに続くよう読者の手を引きたいのです。そうしたらあらためて一緒に、安全に旅をすることができるでしょう」

◎自分の癖と付き合う：忍耐心を養う

ゲームチェンジャーはふつう忍耐心と縁遠いけれど、最初から世間があなたに群がらないようなら、それも身につけなければいけない。いくつかアプローチを紹介しよう。わざと傲慢になり、あなたの視点が理解できない「間抜け」たちに優越感を覚えてみよう（ただしこっそりやること）。お気に入りの作家、歌手、映画監督をリストアップして、彼らにファンがつくまでどれくらいかかったか調べ、自分の将来に絶望的になったら思い出してみよう。何年、あるいは何十年後に、ゲームチェンジャーとしてのあなたを称えるドキュメンタリーが撮影されるところを想像しよう。こういったテクニックが、観客が集まらないのではないか、という不安をやわらげるはず。

ひょっとしたら同業者が、批評家より先に気づいてくれるかもしれない。コメディアン兼作家のスティーヴ・マーティンはそんな経験をした。回想録〈スタンダップコメディの星のもとに生まれて——道化の一生〉（未訳）のなかで、彼は自分のコメディの原型を探しあてた経緯について語っている。

〈サタデー・ナイト・ライブ〉や満席の会場で舞台に立つマーティンの姿を見ても、彼のコメディのどこが違うのか、ずばりと当てるのは難しいかもしれない。でも何かが違うのだ。前述の回想録を読めば、それがわかる。

わたしにとって驚きだったのは、かつてスタンダップコメディでは他のコメディからネタを「拝借」し、披露するのが当然だったということだ。歌手どうしが歌をカバーするように。でもカリフォルニア州立大学に籍を置きながら手品師として活躍し、コメディアンとしても頭角を現していたころ、マーティンは自分にはっきりとした目標を与えた。独創性だ。「舞台の台本はすべて自分で書くことにしたよ。少しでも覚えがあったり、出所が浮かんだりするような台詞やネタは捨てた。何かまったく新しいものを見ている、と観客に思わせたかった」

マーティンは予定調和のジョークが不満だった。「カーネギー・ホールにはどうやったら行けますか？　練習だよ」（笑い声）。まるで観客は何がおかしいか、どう受けたらいいか教えられているようだ。マーティンは自分に言い聞かせた。「オチがないとしたら？　ヒントもないとしたら？……どうにも困った観客は、自分で笑うところを選ぶだろう。その種の笑いのほうが強力だ。教えられたとおりに笑うのではなく、自分の意思で笑うほうがいい」

ゲームチェンジャーの例に漏れず、批評家を納得させるにはしばらく時間が掛かった。ひとりなどマーティンを「コメディアンもどき」と呼び、オチがないのをあざ笑ったほどだ。他の人間は彼が絶えず動きまわるのと、冗談にしては鋭すぎる笑いを嫌った。でも友人にして同業者のリック・モラニスは理解してくれて、マーティンのやり方を「アンチ・コメディ」と呼んだ。やがてマーティンはコメディアンとしてはじめて、一人の舞台でマディソン・スクエア・ガーデンを満席にする。軍配はマーティンに上がったのだ。

こんなふうに何年もかかってようやく認められるゲームチェンジャーがいるいっぽう、早くから批評家のお墨付きを得る人間もいる。でも気をつけたいのだが、批評家は移り気だ。詩人のE・E・カミングスならそれがよくわかるだろう。

子どものころ、わたしは大文字を使わないという理由だけで、カミングスはかっこいいと思っていた。ただしその特異なスタイルは、うわべだけのものではなかった。「言葉をもてあそぶ」といわれるカミングスのやり方は文体、句読点、綴り、単語の定義、構文を分解し、まったく独自のスタイルにたどりつくためだった。

それは小手先の技法などではない。カミングスの研究者ノーマン・フリードマンは〈E・E・カミングス――作家の成長〉（未訳）のなかで、ゲームチェンジャー的な詩人の挑戦は、言語から手あかを、世界から手あかをそぎ落とすものだったと論じている。フリードマン自身の表現を借りるならこうだ。「言葉を変身させるのは、世界を変身させることだ」

驚くまでもないけれど、カミングスの詩では独創的で、独立独歩で、己の力を頼ることの重要性が説かれていることが多い。世間並みの思想を隠れみのにする人間には容赦なかった。そんなわけで彼自分がスタイルにあぐらをかき、一九二〇年代から五〇年代までアーティストとして進化が見られない、と批判されるのはさぞ不愉快だっただろう。批評家のジョージ・ステイドはカミングスを「成長の鈍化の一例」とまで呼んだ。「彼は才気煥発の二十歳だったが、人生の終わりまで未成熟なままだった」興味深いことにステイドはこうも言った。「それこそが彼の魅力のひとつかもしれないが」

やっても非難され、やらなくても非難される、というわけだ。革新的でありつつ、革新を捨ててさらに新しい手法を探せ。そんなねじれた要求に取り込まれてはいけない。わたしならオリジナルであれ、独立独歩であれ、己の腕を信じろと言う。もし才能があって、うまいことと自分の満足できる「トレードマーク」を見つけ、アートを新たな世界に導けたなら、ゲームチェンジャーを名乗る資格じゅうぶんだ。

◎クリエイティビティを育てる：批判と付き合う

批判なんかに傷つかない、という人間は大嘘つきだ。アーティストや作家は持てるすべての力を（そして自分自身を）クリエイティブな仕事に注ぎ込むので、批評やSNS、ワークショップで一刀両断されるのはひどくこたえる。わたしにはよくわかる。

ずっと昔、わたしの短編を題材にしたワークショップの休憩時間に、尊敬していた教授に訊かれた。「きみは何が言いたかったんだね?」それは厳しい一言だった。

そんなときは傷ついたことを認め、数日はふてくされて過ごそう。でも誰かに言われたことのせいで、自信を失ったりしないように。ましてや好きなことをあきらめようなんて思わなくていい。ゲームチェンジャーのあなたには使命があるのだから。

スターの履歴書　激しい拒絶に打ち勝ったクリエイターたち

批判を受けるだけでじゅうぶんつらいのに、頭ごなしに否定されることくらいゲームチェンジャーにとって大きな試練はない。斬新な作品は、その大胆さと新奇さと挑発的な姿勢のせいで、自分から「拒絶して!」と叫んでいるようなものだ。

それでも野心的なゲームチェンジャーにとって、拒絶は意外なほどやる気のもとになったりもする。ヒップホップのアーティストにして起業家、ビヨンセがクイーンならこちらはキングのジェイ・Zが、最初レコード業界のありとあらゆるレーベルから拒絶されたことを知っているだろうか。でも彼はあきらめず、友人と一緒に〈ロカ・フェラ・レコーズ〉を立ち上げた。

イタリアのアパレルブランド〈アイスバーグ〉を手ばなしで誉める歌を歌い、売り上げに貢献していたというのに、コマーシャル契約のオファーの金額が驚くほど安いと知ったときは、ライバルのアパレルブランド〈ロカウェア〉を作った。十年後には二億ドル超で売却している。自分を拒絶した人たちを拒絶し、不可能を可能にするくらい愉快なことはないだろう。

手紙やEメールで拒絶という仕打ちをうけるのは、とりわけつらいことだ。黒と白の画面はまっすぐ受信者を射抜き、逃げ場を奪う。それでも憎むべき拒絶の手紙は、ゲームチェンジャーにとって人生の糧だ。原稿やデモテープに対して九十九通の拒絶レターを受け取ったとしても、あまり落ち込まないほうがいい。きっと慰めになると思うので、偉大な作家やアーティストが名声を確立する前に受け取った拒絶の手紙をご紹介しよう。落ち込んでいても、読んだらすぐ気分がよくなるはずだ。

〈白鯨〉という小説を知っているだろうか。作者はハーマン・メルヴィル、一八五一年に出版された。版元のピーター・J・ベントリーからは、こんな妙ちきりんなアドバイスを受けている。「まずお訊きしたいのだが、それが鯨である必要はあるのだろうか。難解だがおもしろみのある小道具なのは認めるにしても、敵役にはもう少し若い読者に受けの良い存在を勧めたい。たとえば、船長が若く艶めかしい乙女たちに飢えているという設定にはできないのだろうか」

作家のガートルード・スタインも、一九一二年に版元のアーサー・ファイフィールドから拒絶の手紙を受け取った。手紙は彼女の特徴である、奇妙なほど繰り返しの多い文体をおちょくっていた。「拝啓　マダム、私はひとりしか、ひとりしかいない。ひとつきりの存在で、同時にひとつしか存在しない。ふたつでも、みっつでもなく、ひとつだけだ。ひとつきりの人生、一時間は六十分。目はふたつ。脳味噌はひとつ。ひとつだけの存在だ。身体がひとつ、目が一組、脳がひとつ、人生が一度しかない私には、貴女の原稿を三度も四度も読むことはできない。一度とて無理だ。ひとめだけ、ひとめだけ見たら十分だ。我々はたった一冊でも売ることができないだろう。たった一冊でも。たった一冊でも。敬具　A・C・ファイフィールド」

ジョージ・オーウェルの〈動物農場〉を却下する手紙を書いたのは誰だろうか。あのT・S・エリオットだ！　その小説にこそ、長年苦心したアートと政治的メッセージのバランスを見出したとオーウェルは思っていた（第五章「活動家」を参照）。ところが当時、出版社フェイバー&フェイバーの編集者だったエリオットは、明らかに違う印象を抱いていた。そこでオーウェルに、きみの小説には反ファシストへの共感が十分にあらわれていないと告げた。「きみのブタたちは他の動物よりはるかに賢く、農場を経営するにふさわしい。実際、彼らがいなければ〈動物農場〉は存在しなかった。つまり必要なのは（反論もあるかもしれないが）、共産主義的な要素ではなく、より公共心に富むブタだった」

〈空飛ぶモンティ・パイソン〉が人気を博したことを受けて、英国人のコメディアン、ジョン・クリースは次なるTVシリーズ〈Mr．チョンボ危機乱発〉の共同制作に挑んだ。やがてBBCで放映されるが、その前にいったんTV局のコメディ脚本家に拒絶されている。手紙はこんな調子だ。「あいにく私には、題名と同じくらいの駄作にみえる。決まり文句と型にはまった登場人物の寄せ集めで、散々な結果になるとしか思えない」〈Mr．チョンボ危機乱発〉はBBCで最も人気のコメディになった。

超大物作家スティーヴン・キングも、デビュー作〈キャリー〉の原稿を送ったときはこんな手紙を受け取っている。「我々は反ユートピアを扱うSFに興味はない。そういったものは売れないのだ」原稿は何度も突き返され、キングは断りの手紙を寝室の壁に釘で打ちつけた。〈キャリー〉はようやく一九七四年に、初版三万部で出版される。一年後に出版されたペーパーバック版は、一年で百万部超の売り上げを記録した。

ジム・リーはアーティスト兼作家兼DCコミックスの共同出版者だ。ところが駆け出しのころ、マーヴェルの編集者エリオット・R・ブラウンに作品を否定された。「きみの作品ときたら、四人の別々の人間が描いたようじゃないか。いちばんいい下絵は七ページのスパイの絵と、アップで描かれた顔の絵だ。残りの線は弱々しい。同じことは本画についても言える。作品の質が安定し、両手の描き方を覚えてからまた送ってきなさい」

〈ハリー・ポッター〉シリーズのメガヒットを受けて、J・K・ローリングはその後の作品に取り掛かった。今度は第二次大戦後が舞台の探偵小説〈カッコウの呼び声〉で、ロバート・ガルブレイスという筆名を使っていた。ローリングのもとには英国の出版社クレーム・デ・ラ・クライム、コンスタブル・アンド・ロビンソンから断りの手紙が届き、後者の幹部はこんな小説では失敗が目に見えていると言った。ちょっと助けてやろうというつもりだったのか、どうやったら成功できるかというアドバイスつきだった。雑誌で文章の書き方についてのアドバイスを読んだり、作家の勉強会に入ったり、講座を受講したりするべきで、小説を売り込むときはオチを明かさないほうがいいという。〈カッコウの呼び声〉はアマゾンのベストセラーリストに入り、批評家からも称賛され、二〇一七年夏にTVドラマ化された。その幹部は今でも仕事をしているだろうか。

◎自分の癖と付き合う：拒絶を拒絶する

ゲームチェンジャーのあなた。わざわざ言うまでもないけれど、念のため伝えておこう。拒絶されたからといってがっかりしたり、あきらめたりする必要はない。建設的な批判をもらったら、自分の意見と照らし合わせて、変えるべき点があるか検討しよう。でも忘れてはいけないのは、あなたのやっていることはとかく人びとを不安にしたり、安定志向を脅かしたりするということだ。だから断りの手紙やEメールを受けとったら、焼くか、額に入れるか、削除するか、串刺しにするか、破るか、あとで「だから言ったでしょう」という手紙を添えて送り返せるように取っておくかしよう。いちばん大事なのは作品を別の出版社に送り、別の役のオーディションを受け、別のレーベルの扉をノックすること。いつかうまくいくはず!

まとめ

あなたがゲームチェンジャーか、それに似た性質のある人間なら、壁を壊し、アートの新しい可能性を探求することを望んでいるだろう。まわりがアイデアや革新を受け入れ、拍手をおくるまでのあいだ、その反抗の魂を最大限生かすには——その魂をしおれさせないには——どうしたらいいだろうか。

・自分のまなざしとしっかり向き合い、受容やお金、その他褒賞のために妥協しないこと。
・理由ある反抗を心がけよう。ただおもしろいから、エゴが満たされるからという理由だけで慣習を踏みつぶすのはいただけない。
・伝統の枠を超えつつ、ひとつの集団や運動の一部になる可能性も選択に入れておこう。
・アイデアが受け入れられるまで何年、ひょっとしたら何十年も待つのを覚悟すること。
・拒絶や批判を想定し、うまく付き合うこと。ひっきりなしにそれにさらされるかもしれないけれど、越えていくことは必ずできる。

第四章

繊細な魂

——自己表現で世界を救う

執筆や作曲、美術に携わらない人間はどうやってあの狂気とメランコリー、パニックと恐れを回避しているのか、時に疑問に思う。

——グレアム・グリーン〈逃走の方法〉

「その気持ち、わかる」という言葉は、あなたにとってただの白々しい言い回しを超えたものだ。ひょっとして人生のモットーかもしれない。

カーペンターズが歌ったように、雨の日と月曜日は人間を憂うつにするけれど、あなたは違う。もちろん気分は落ち込むけれど、いっぽうで創作意欲があふれてくる。

子どものころ、お母さんが落ち込んでいると冗談を言って笑わせたりしていなかっただろうか。あるいは十代のころ、ブログを書くと寂しさが薄らぐことに気づいたり、大人になった今、シャワーを浴びながら大声を張りあげて歌うと、熱いお湯が筋肉の張りをほぐしてくれるのと同じように心のしこりがとれたり。

そんなあなたはきっと「繊細な魂」だ。

繊細な魂が創る理由

もしあなたが繊細な魂なら、あるいはそれに似た性質の持ち主なら、きっと感じやすい心の持ち主なのだろう。そして感情は封じ込めておくかわりに、創造的な活動に転じようとする。選択の問題ではなく、どうしても必要なことなのだ。あなたが創作する理由をいくつか挙げてみよう。

小さいころ近所の子どもに「泣き虫」と言われたり、お兄ちゃんにいじめられたりすると、部屋に駆けこんでぴしゃりとドアを閉め、ベッドに顔をうずめて泣いていた（近所の子どもは正しかった）。でもそれも短いあいだのことだ。まわりの人間の残酷さについて詩を書いたり、ばかでかい耳にぎょろ目のお兄ちゃんの絵をクレヨンで描いたりすると、すっかり気分がよくなった。

あなたにはまわりの人間が「どうでもいい」と言う理由がわからないから。なぜみんな、そんな悟りきったことを言っていられるのだろう。あなた自身はまわりのものごとすべてに影響を受けるし、本当を言うとそれはいいことだと思っている。別に幸せに拒絶反応があるわけではない――赤ちゃんがのどを鳴らしたり、恋人に「愛している」と言われたり、海に沈む直前の真っ赤な太陽が目に入ったりすると、喜びでいっぱいになる。その一瞬の感情を形にせずにはいられない。問題の多い子ども時代を過ごし、過去の長い触手から逃れるには短い映画を撮影するしかないと知っているから。歌を歌ったり、愛の詩を書いたりして、大切な誰かをなぐさめることくらい気分のいいことはないから。

繊細な魂の横顔

繊細な魂は傷つきやすいかもしれないけれど、あなたのそんな繊細さはまわりの人間にも届いている。あなたは友だちの話に耳をかたむけるだけではなく、心から共感する。そして、その共感の能力がアートにもあらわれるのだ。

観客の心臓をわしづかみにし、粉々に砕くような脚本を書く人間がいる。あるいは結末を読んだ読者がすすり泣き、もっと読みたいと思うような小説を書く人間。子ども時代のことや、初恋や、覚めなければよかった美しい夢のことを思いださせるバイオリン協奏曲を作曲する人間。もちろん彼らは繊細な魂だ。

でも有名な繊細な魂タイプの多くは、ただ単に繊細だったわけではない。彼らに「苦悩」「葛藤」という言葉がつきまとうのには、ちゃんとした理由がある。有名なアーティストの苦しみの原因が、放置してしまったり、適切な治療を受けなかったうつや双極性障害だった可能性は大いにあるだろう。逆に言えば、それらの感情の病が創造性に貢献していたのかもしれないけれど。

繊細な魂がアートを使って安らぎを得ようとするとき、彼らは他の人間にも痛みを逃れるチャンスを作っている。繊細な魂が自分の過去の空白を埋めようとするとき、彼らは他の人間にも人生というパズルを組み立てるチャンスを提供している。自伝、自画像、作者の実人生に少しだけ手を加えた小説。何百万という人間が、繊細な魂の内省的なアートに、自分自身の人生を垣間見るかもしれない。

創造性を使ってアートや政治の世界を変える？　それは別のタイプにまかせておこう。あなたは自分の人生と折り合いをつけ、意味を見出し、アートを通して他の人間を支えるだけで手

繊細な魂を名乗るあなたへ

❶ 創造的な活動を通して、内なる感情をすべて表に出したい。
❷ うんざりするくらい「きみは繊細すぎる」と言われる。
❸ 平凡な人生より山あり谷ありの人生を選ぶ。
❹ 気持ちが落ち込んだり、ちょっと普段と違っているとき、ものを創りたいという意欲が倍増する。
❺ 小さいころからパフォーマンスや絵で、まわりの人間(たとえば暗い顔をした親)を元気づけることができた。
❻ 落ち込んでいるとき、アートを通して自分を表現すると気が楽になったり、救われたような気になる。
❼ 自分の人生にもとづいた創造性豊かな作品を創り、自分について理解を深めたり、他の人間をみじめさから救ったりしている。
❽ コラボレーションのような手段で、まわりとつながっている。
❾ 人生の大事なひとときをすべて記録し、忘れないようにしたい。

答えのほとんどが「イエス」だったら、あなたは繊細な魂。「イエス」が2つ3つしかなくても、素質は大ありだ。さあ、先を読もう。

いっぱいだ。

繊細な魂いろいろ

あなたは人生の特定の出来事に意味を見出そうとしたり、ある種のカタルシスを求めたりする繊細な魂かもしれない。あるいは他の人間が苦しみを逃れる手助けをしたいと思っているかもしれない。繊細な魂には、いくつかタイプがある。

次のリストを見て、よくあるタイプについて考えてみよう。

◎クリエイティビティを育てる：自分のタイプを見極める

あなたはどれ？

- 感情のるつぼ（心のうちを表現する）
- 凝縮タイプ（強い感情をおぼえる）
- 苦悩するアーティスト（苦しみからアートを生み出す）

・キャビンアテンダント（アートを通して自分とまわりを救う）
・サバイバー（アートに救われたと信じている）
・意味づけ（喪失や悲劇に折り合いをつける）
・コネクター（アートを使ってまわりとつながる）
・レコーダー（人生のあらゆる瞬間をとらえようとする）

感情のるつぼ

繊細な魂のあなたの心のなかには、喜怒哀楽さまざまな感情がひしめきあっている。おかげでコップは満杯になり、やむなく中身があふれ出てくる。

ときにはそのデリケートな気質が恨めしくなることもあるだろう。誰もが淡々と毎日を過ごしているのに、どうして自分だけが嘘つきの元の恋人のことばかり考えてしまうのか。世界には何百万人ものホームレスの難民の子どもたちがいるのに、自分が子どもを産むのは間違っているのではないだろうか。娘のヘアスタイルを論評して傷つけてしまったのではないか。

いっぽうではまだ自分に、センチメンタルなホームドラマに感動して泣いたり、きらきらした流星群に心を打たれたり、胸が痛くなるくらい子どもに感情移入したりする力があることをありがたく思っているかもしれない。

幸いにも、他の人間だったら感情に飲み込まれてしまうところ、あなたには感情を吐き出す手段がある。溜め込んでいる必要なんてない。悲しみや怒り、喜びは歌や絵、ブログにぶつければいい。

創造性があなたの逃げ場だ。創造性が癒しだ。

その豊かな感受性こそ創造性の源泉なのだから、押し殺そうとなんてしなくていい。日記や小説を書いたアナイス・ニンも、そう心から信じていた。作家になりたいと十七歳になる甥に打ち明けられたとき、ニンはこんなことを書いた手紙を送った――まわりに感情過多といわれるその気質は存分に生かすべきで、隠したりすることはない。「自分の思考や感情を恐れたり、押さえ込んだり、逆に利用しようとしたり、小出しにしたりしてはいけません。自分自身が自由に流れることを許し、温度が上がること、自在に伸び、密度を増すことを受け入れなさい。新しいものはつねに過剰なところから生まれるのです。偉大な芸術は深い恐怖、孤独、抑圧された心、不安定さから生まれ、それらを中和するのです」

マサチューセッツ総合病院の神経科医アリス・フラハティは双子を流産して、その悲しみのなかでただ書き続けた。自分の手が動く限り、手の届くところにある紙ならなんでも書きつけた。「ハイパーグラフィア」という名前もある状態だ。のちにフラハティは、ショックと悲しみに自分が向き合った奇妙なやり方について思いをめぐらせ、どうしてそんなことをしたのか考えた。彼女はそれを「自己表現の必要説」と名づけ、〈書きたがる脳〉のなかで詳しく追究している。書くことは食事や呼吸、睡眠と違って二次的なものだ。だけどそれは、人間が悲しみや怒りのなかで叫ぶのとおなじ生物学的な衝動から生まれる。

ジョージ・オーウェルは創造的に自身を表現したいという衝動を「誰も抵抗できず、理解もできない悪魔」と呼んだ。「それは赤んぼうが周囲の関心を求めて声をあげるのとまったく同じ本能なのだろう」

オーウェルが「悪魔」と表現したのは、コントロールが及ばないという意味では正しいのかもしれない。でも繊細な魂のあなた、創造性について言うなら、コントロールはそれほど大事じゃないでしょう？　大事なのは自己表現のほうだ。

凝縮タイプ

あなたに言わせれば、悲しみと涙は創造性を動かす二大エンジンだ。では、喜びは？　幸福は？　人生やロマンス、自然を愛する気持ちは？　悲しみと同じように、幸せを創造性の源泉にすることはできないのだろうか？　雲間からのぞく月の写真を撮ったり、ユーチューブにアップする動画を撮ったり、みんなが立ち上がって踊りたくなる歌を作ったり――ただひたすら、人生の喜びをもとに。

幸福のなかで書かれたのに違いない歌はたくさんある。わたしのｉＴｕｎｅｓのライブラリには、「ハッピー・シングル」という名前をつけたプレイリストがある。お気に入りの歌はキャロル・キングの〈アイ・フィール・ジ・アース・ムーヴ〉、キャット・スティーヴンスの〈キャント・キープ・イット・イン〉、アース・ウィンド&ファイアーの〈セプテンバー〉、アウトキャストの〈ヘイ・ヤー〉、初期のビートルズの曲〈シー・ラブス・ユー〉から〈アイ・ソー・ハー・スタンディング・ゼア〉など。そんな喜びに満ちた歌を、あなたも知っているはずだ。

わたしにはモネのひなげしの野原のような絵も思い浮かぶ。美しい花の群と輝かしい太陽を見ていると、満足感をこめて深呼吸がしたくなる。子どものころ、両親にリンカーン・センターに連れていってもらい、ルドルフ・ヌレエフが人間とは思えないほど高く跳躍するのを見たのも思い出す。これらはクリエイターの内なる幸福と希望から生まれたものではないだろうか。

それなのに創造性について語るとき、幸福はどうも分が悪い。悲しみをまとったアートは「深く」、幸福をとらえたアートは「軽い」といわれることもある。〈癒しとしてのアート〉(未訳)のなかでアラン・ド・ボトンとジョン・アームストロングは、人間には可愛らしい絵を複雑さの否定であるセンチメンタリティと結びつける傾向がある、と指摘する。そういった絵はありのままの世界を隠して、砂糖にくるんだ人生を描き、人びとが醜い現実と距離を置いて生きていくように仕向けるというのだ。(それは問題なのだろうか?)

創造性は悲しみと喜びの両方から生まれる。そしてフラハティが言うように、神経学的な観点からしても、喜びと悲しみはたがいに打ち消しあうものではない。それは共存可能で、簡単に言うならコインの裏表なのだ。

歌手のアデルも〈トゥデイ〉のインタビューでそのことについて語っている。自身の破局を歌い、大ブレイクしたアルバム〈21〉はどんな気持ちで書いたのか、と問われたアデルはこう答えた。「悲しみがいつも残酷なものだとは思わないわ。心を浮き立たせたり、喜びをもたらしたりもするから、時には前に進むために悲しみは必要なの」アデルの〈サムワン・ライク・ユー〉には彼女の痛みがにじんでいるけれど、反骨心といくらかの希望も感じられないだろうか。

フラハティいわく、悲しみと喜びは真の創造性の敵「毒にも薬にもならない」の正反対だ。研究でもその意見は証明されている。何かを創るモチベーションは、どんな感情を味わっているかということよりも、どれくらい強く味わっているかという点にかかっているのだ。

わたしはその「密度理論」を、自分のクリエイティブ・ライティングの学生たちのあいだでも目撃した。彼らが創作しようとして苦しむのは（声、構成、場面の設定など）予想の内だ。でも若い作家に「何も書くことを思いつかない」と言われると、わたしは不安を覚える。それは人生の深みに分け入っていないサインではないだろうか。そこにはたくさんの豊かな題材があり、創造という名の鍋をかきまぜる強い感情があるというのに。少なくとも繊細な魂にとってはそうだ。

書くための素材を探しているのだとしたら、ウィリアム・サローヤンが〈空中ブランコに乗った若者〉のなかで記した作家へのアドバイス（その延長線上ではすべてのアーティストへのアドバイス）に耳をかたむけてみよう。「笑うなら、腹の底から笑うことだ。怒るなら、存分に怒ることだ。生きようとしなさい」わたしなら、それらの感情を手がかりにアートの素材を探しなさい、と言うだろう。

◎クリエイティビティを育てる：あらゆる感情をみなもとにする

つらい思いをしているときしか創作意欲が湧いてこないタイプなら――失恋、お祖母ちゃんの死、原稿の断りの手紙――その反対を試してみよう。厳しい冬を越えた最初のクロッカスを見つけたり、新しく恋に落ちたり、好意的な批評を受けたりしたとき。クロッカスを頭に思い浮かべながら、つれづれなるままに思考を書き留めてみよう。新しい恋の相手を連想させる新しい色を使ってみよう。悲しみではなく、喜びをミューズにしたら、どんな感じがするだろうか。そして反対も。いつも幸せを創作の原点にしていて、悲しみや怒りをもとにしたらどうなるか不安に思っているあなた。挑戦してみよう。いきなりやるのは難しくても、新しい世界が見つかるかもしれない。

苦悩するアーティスト

「苦悩するアーティスト」という型にはまったイメージはなかなかしぶとい。一匹狼や狂気の天才、苦痛を傑作に変えるアーティストには妙にロマンチックなところがある。でも真実はというと、精神面のトラブルのせいでかけがえのないアーティストの多くが若いうちに命を絶つか、ドラッグやアルコール依存で亡くなっているのだ。ヴァージニア・ウルフ、シルヴィア・プラス、ジュディ・ガーランド、マーク・ロスコ、ダイアン・アーバス、ジミ・ヘンドリクス、ジャニス・ジョプリン、カート・コバーン、デイヴィッド・フォスター・ウォレス、エイミー・ワインハウス……挙げていけばきりがない。

彼らはこの世界で生き延びていくには純粋で繊細過ぎたのだ、といわれる。でもそれだけで話は終わらない。何世紀ものあいだ、アーティスト自身が苦しみを、アートを追求するために必要なものとして扱ってきたのだ。詩人のジョン・ベリマンなど〈パリ・レビュー〉のなかでこう語っている。「実際死にはしないが、あり得るかぎり最悪の試練を与えられたアーティストはおそろしく幸運だ」

有名なアーティストのなかには心身の健康、人間関係、経済状態を犠牲にして創作にのめりこむあまり、「幸せな人生」か「素晴らしいアート」かと問われたとき「アート」を選んだ人間もいる。強烈なドラマ、悲劇の一歩手前、あるいは壮大なビジョンがあってこそアートの高みにたどりつけると信じていたのだ。

〈叫び〉で知られるエドヴァルド・ムンクも同じだった。彼の代表作の背後のストーリーがそれを物語っている。ノルウェー南東部の入り江オスロフィヨルドの端にいたとき、不吉な幻覚に襲われたという。「太陽が沈みかけていた――突然、空が血のような赤に染まった。私はそこに立ち、不安に身を震わせていた。すると大自然のなかに果てしない金切り声が響いた」ムンクはその不安こそ創作に不可欠だと信じ、日記にこう書き込んだ。「私には人生に対する恐れが必要だ。病が必要なのと同じように。私自身と切っても切り離せないもので、もしそれらを壊したら私の芸術も壊れるだろう」

強烈なドラマはベリマンやムンクを駆り立てたかもしれないけれど、彼らの言葉を真に受けすぎるのも考えものだ。苦痛を歓迎したら、いずれそれから逃れられなくなる。〈うそつきくらぶ〉他の自伝のなかで、うつとアルコール依存症との闘いを告白した作家のメアリー・カーも同じ意見だ。〈サロン〉(未訳)ではこう言っている。「苦しみを美徳とするのは、アーティストの生き方を考える上ではちょっと古い。アルチュール・ランボー、感覚の混乱、ある種のハイな状態という象徴主義的な考え方からきたものだ。でもわたし自身がそうなったときは、望んでいたほどの恍惚感は得られなかった」

キャビンアテンダント

アヴァンギャルドの劇作家アントナン・アルトーは言った。「アートはまずアーティストを癒し、そののち周囲を癒す」これは「キャビンアテンダント仮説」と呼んでいいだろう。キャビンアテンダントいわく、緊急時にはまず乗客自身が酸素マスクをつけ、そのあと子どもにつけるのが正解だ。まず自分の安全を確保しないと、他人は助けられない。創造性も同じだ。

自分のアートを通して誰かを救いたいという願望は、必ずしも自分を犠牲にするものではない。トップスターのなかにも、自分のアートの強い共振力のおかげで誰かが大笑いしたり、涙をこらえたり、思わず立ち上がったりするところを見たいという人間はいる。けれど繊細な魂の場合、劇場を出たり小説の最後のページをめくったりする人間の孤独感が和らぎ、理解者を得たという気分になり、ひょっとしたら自分でアートを手がけようと思ってくれないだろうか、と期待している。

文豪レフ・トルストイはさらにその一歩先を行き、アーティストはまわりに「影響を与える」だけでなく、自身の感情で観客を「汚染」しなければいけないとまで言った。ちょっと不潔な感じがしないだろうか。著書〈芸術とは何か〉のなかで、トルストイはアートの感染性について さらにこんな言葉で語っている。「真の芸術に触れた者は芸術家と一心同体になり、作品は自身のものであると思うはずだ——作者の表現は、自身がずっと表現したいと思っていたものなのだ」

二〇一六年のアカデミー賞授賞式の夜、ステージに立ったレディー・ガガに対して多くの人間がそんな思いを持ったとしても不思議ではない。歌われたのは性暴力についてのドキュメンタリー〈ハンティング・グラウンド〉のためにダイアン・ウォレンと創った〈ティル・イット・ハプンズ・トゥ・ユー〉だ。レディー・ガガは十九歳のときレイプ被害に遭っていて、その歌に個人的な意味合いがあるのは明らかだった。レディー・ガガのシンボルとして知られる目がくらむような衣装にかわる、真っ白な衣装とピアノも印象的だった。生々しく痛々しい、それでいて力強いパフォーマンスに観客は圧倒された。レディー・ガガが五十人の性暴力のサバイバーたちと一緒に舞台に立ち、共に支え合う歌を歌い、どんな目に遭ったか具体的に明かすプラカードをかかげたのが最高頂だった。その強烈なパフォーマンスは、性暴力のサバイバーが長いこと苦しみ、ひとりで抱え込んできたはずの感情をみごとにとらえていた。

あなたにも歌やダンス、詩などで表現したいと思い続けてきた「何か」がないだろうか。思いきって、自分自身を癒す創造的な活動をしてみよう。その過程でまわりの人間も救えるかもしれない。

繊細な魂のポジティブな性質

アートで自分を救う

何世紀にも渡ってアーティストは創造性の癒しの力を称えてきた。底知れない淵に沈み込むのを押しとどめ、人生をなんとか生きていくに値するものにし、時には他の人間を救うこともあるという。

作家のシャーウッド・アンダーソンは、アーティスト志望の息子に言った。「アートの目的はわかりやすい絵を描くことではない。自分を救うことだ」ロバート・ローウェルも自身の詩のなかで、回復することがアートなのか、アートが回復の手段なのか思いをめぐらせている。詩人のアン・セクストンは言う。「詩はわたしの手を引いて狂気の淵から救い出してくれました」ジャネット・ウィンターソンも言う。「アートはわたしを救ってくれた。うつと自己嫌悪をくぐりぬけ、無邪気な世界に戻るのを助けてくれた」トマス・ウィリアムズはもっと直接的に言っている。「私が書くのは、死ぬまで死なないためだ」

苦しみは避けられない。ならば繊細な魂のあなたにとって大切な質問はこれだ――苦しみをアートに変えることはできないだろうか？　そうすることで自分を変えるか、もっといえば救うことができないだろうか？　次に紹介するのは、両方の質問にちゃんと答えることができたアーティストたちだ。

アラン・ド・ボトンは文学的セルフヘルプ本〈プルーストによる人生改善法〉のなかで、作家にして重い心気症のマルセル・プルーストが「苦しみに成功した」ことをどう考えたらいいか追求している。プルーストは難しい人間だった。虚弱体質で神経症的で、母親とやたらに仲が良く（マザコンと言われることもあった）、同性愛者であることを隠していた。けれどド・

ボトンが言うように、苦しみだけではアートは生まれない。誰しも生きていれば困難を抱えるが、その苦しみをアリアや文章にできる人間は少ない。プルーストの場合は苦しみの鉱脈を見つけ、全七巻の〈失われた時を求めて〉を書いた。苦悩からアートを生み出すことには確かに意味があり、本人が生きる理由を見出すことにもなる。

アヴァンギャルドの日本人アーティスト草間彌生も、アートが人間を救うという生きた見本だ。東京で暮らしていた若いころ、草間は憧れの画家ジョージア・オキーフに手紙を書いている。のちに草間がニューヨークに引っ越すと、自分のファンはどうしているかと著名な画家が訪ねてきた。オキーフの連れてきた画商が草間の絵を一枚買い、そこからキャリアが大きく開けた。

でも草間の物語はそこで終わらない。〈テレグラフ〉に彼女はこう語っている。「わたしは幻覚に苦しんだけれど、アートを手がけることでその痛みは和らぎました。絵はわたしの人生を救ってくれました。自殺を考えたとき、主治医にもっと絵を描くよう勧められました。わたしは毎日痛みや不安、恐怖と闘っています。そしてアートこそ、病をよくするために唯一知っている方法なのです」

自伝〈都会育ち〉（未訳）のなかで、作家のアンドレ・デビュース三世は、マサチューセッツ州の街ハヴァーヒルでの過酷な子ども時代と青年時代を思い起こしている。両親は離婚し、著名な作家だった父親は子どもたちを捨てた。デビュースは喧嘩やボクシングに明け暮れたのち、文章を書くことを覚えた。〈ライターズ・ダイジェスト〉のなかではこんなふうにその経験を振り返っている。「あれはちょっと神秘的な、救いの瞬間だった。自分を自分だと感じさせてくれて、なおかつ自分を破壊しない何かに出会ったんだ。私がそのへんのチンピラで、いきなり創造性を発見したという物語には落とし込まれたくない。それは私のなかにずっとあったんだ」

作家のオーガステン・バロウズはその特異な育ちをもとに、のちに映画化もされる自伝〈ハサミを持って突っ走る〉を書いた。バロウズは長年アルコール依存症だったが、飲酒よりもっと中毒性の高い行為を見つけた。書くことだ。別の自伝〈ラスト&ワンダー〉（未訳）では、はじめて小説〈セレビジョン〉（未訳）を書いたとき、創造の世界に没入し、ほとんど休むことなく一気に書き上げたと明かしている（第二章「職人」で紹介した「フロー」の状態だ）。「書くことは飲むことが到底できなかったほど、私を遠くへと運んでくれた」持ち前のドライなユーモアをこめて、バロウズはこんなことも書いている。「書くことは犯罪的な行為で、刑務所行きかもっと重い罰に値する。私が覚えた快感は、酔っ払うことよりはるかに強かった」

繊細な魂のあなたは、創造性が精神に及ぼす影響について知っているはずだ。花壇を設計するのでも、ソフトウェア〈ガレージバンド〉でいろいろなドラムの音を試すのでも、気分が上向くだろう。

誰にでも表現したいものはあるし、何歳だろうと表現することで得るものがある。わたしが個人的なエッセイの書き方を教えているというと、書くに値する経験を持つ若者などいるだろうか、と訊かれることがある。わたしの答えは「きっとびっくりしますよ」だ。家庭内の複数の殺人、近親姦、摂食障害。リストカットなどの自傷行為。若年性認知症を患った親。母親や父親、祖父母の死。それに加えて、十代後半から二十代前半の若者が経験するさまざまなものごと。つらい思い出を言葉にして他の人間に見せることが、学生たちに安らぎを与え、苦しみをやわらげてくれていると願いたい。

研究によると、創造性には実際に癒しの力があるという。アートを手がけるのは心と体にとっていいことなのだ。二〇一〇年〈アメリカン・ジャーナル・オブ・パブリック・ヘルス〉にアートと健康の関係、そして自分を癒す力に関する百件近い事例の分析が載った。研究は音楽、執筆、ダンス、ビジュアルアートまで幅広くカバーし、それぞれ慢性的な病気やがんと闘っている患者たち三十人超にインタビューしていた。

視覚的なアート（油絵、スケッチ、写真、陶芸、テキスタイル）に取り組んだ患者はわかりやすい形でさまざまないい影響を受けた。闘病の気晴らしになったし、負の感情を薄めて前向きな感情を増すことができ、治療の効果まで上がったという。具体的にはうつやストレス、不安の度合いが下がり、精神的な自由、悲しみを表に出すこと、自分を肯定的に受け入れること、人間関係について改善がみられた。二〇〇四年の〈サイコソマティック・メディシン〉に掲載された研究はＨＩＶの患者を対象にしたもので、書くことが細胞レベルで患者の健康状態を改善し、免疫システムを向上させるという結論だった。言い換えるなら、アート活動のメリットは知的なことばかりではないのだ。

創造的な活動は年を取った人間にも効果がある。二〇〇一年、国立芸術基金とジョージ・ワシントン大学が共同で研究を行い、地域のアートプログラムに参加している年配の人びとはより幸福感が強く、心身ともに健康で、何もしていない人間より平均寿命が長いと発表した。

繊細な魂のあなた、アートや音楽やダンスに救われたと思ったのは、決して大げさではなかったということだ。

◎長所を伸ばす：回復するということ

創造性を発揮して気分が楽になったときのことを思いだしてみよう。感謝祭の残り物からおいしいシチューを作ったり、授業中に落書きしたり、シャワーのなかで歌ったり。いちいち大きな目標を持つ必要はない。ささやかで、でも元気が出る創造的な活動を一週間のあちこちに組み込んでみよう。瞑想やエクササイズと同じようなものだ。

喪失に意味を見出す

ジェーン・オースティンの〈高慢と偏見〉の冒頭の有名な一文を要約するなら、愛する誰かを失うのが悲劇的なのは世間一般の真理だということ。それ以外にどう言ったらいいのだろうか。だから死や裏切りによる喪失がアートの創成期から演劇、映画、歌、文学の一大テーマだったことには何の不思議もない。繊細な魂のあなたはむき出しの、一切フィルタリングしていない感情を表現したいと思ったりするだろう。カート・コバーンがニルヴァーナの〈ホエア・ディド・ユー・スリープ・ラスト・ナイト〉をＭＴＶで演奏したときのように。遅くても一八七〇年代から歌われてきた曲だけれど、ニルヴァーナのバージョンに及ぶものはない。コバーンは叫ぶようにして、痛みをほとばしらせた。

最近起きたばかりのつらい出来事をもとに創作すれば、血のにじむようなアートができる。少し時間が経ち、距離を置けるようになったら、悲惨な経験を冷静に見直すような創作がしたくなるだろう。マルセル・プルーストはこう言った。「悲しみは概念に変わるその瞬間、心に傷をつける力をいくぶん失う」今から挙げる作家たちは、プルーストの洞察が真実だと学んでいる。

詩人にしてノンフィクション作家のメガン・オルークは自伝〈長いお別れ〉（未訳）のなかで、若くして大腸がんで亡くなった母親を悼んでいる。オルークは〈ニューヨーク・タイムズ〉のインタビューに答えてこう語った。「母の病気が進むにつれて、わたしはそのとき経験したことを残らず書き留めるようになっていきました……何が起こっているのか、客観的に見つめる助けにするために。母が亡くなったあとも書き続け、本を読み、悲しみを理解するか、せめて足掛かりをつかもうとしていました。悲しみはわたしが想像していたものとまったく違ったのです」オルークは書くことを「恐れとカオスから距離を取る手段」と表現している。

シェリル・ストレイドも小説〈たいまつ〉と、自身の「創世記」であり大評判になった自伝〈わたしに会うまでの1600キロ〉のなかで、若いうちに経験した母親の死を乗り越えようとしている。〈たいまつ〉に登場する娘のクレアは「そんなことはやったことがなかった――お母さんの死という栄光や、お母さんの孤児の物語にひたったりするのは」と語る。クレアはこうも言う。「汚らしいし残酷な気がしたけれど、心からほっとした。お母さんは悲しみからようやくすっかり解放されて、その人生もまわりに見せるための物語に過ぎなくなったの」

ジャーナリストの夫に裏切られたことで有名なノーラ・エフロンは、また違う形の悲しみと向きあった。怒りという強い感情をともなう悲しみだ。私小説〈心みだれて〉のなかで、ノーラの分身である主人公のレイチェルはこう訊かれる。「どうして何もかも物語にしなければ気がすまないの？」レイチェルの答えはこうだ。「物語なら、わたしはその中身をコントロールできるから。物語なら、あなたを笑わせることができるから。あなたにはわたしを哀れむよりも笑ってほしいの。物語なら、こんなに胸は痛まないから。物語なら、先に進むことができるから」

先に進むことこそ、創造性から人生への最大の贈り物のひとつだ――大きな喪失から立ち直ろうとしている、繊細な魂のあなたへの。

創造性豊かに孤独に耐える

長い人生のうちには、事情はどうあれまわりに人がいなくなる時期があるはずだ。そして孤独はこたえる――とりわけ繊細な魂にとっては。家で仕事をするのがいいアイデアのように思えたのも束の間、今どんなTVドラマに夢中になっているか、などという職場の会話が恋しくなっている。あるいは大学でルームメイトと暮らすのを楽しみにしていたのに、気がつくと彼女は恋人の家に入りびたりで、あなたはほとんどの時間ひとりぼっちだ。あるいは手足が利かなくなったり、体を壊したりして、思うように外出できなくなってしまうかもしれない。

孤独感や寂しさは厄介なもので、創造的な活動も人恋しさをすっかり紛らわせてくれるわけではない。でもひとりぼっちは創造的な作業をする動機と、そのための時間を与えてくれる。スケジュールがびっしりで、IT機器にどっぷり浸かった現代社会ではめったにないことだが、好きに何かをやるチャンスができるのだ。想像力をふくらませよう。これから挙げるアーティストたちは、孤独をみごとに使って創造の翼をはばたかせた。

九歳のとき、のちの映画監督フランシス・フォード・コッポラはポリオにかかった。あと一年でワクチンが開発されるところだったのに不運だった。体の一部が麻痺して、歩くこともできなければ、左腕を動かすこともできなくなった。一年間も寝たきりで、ちゃんと回復するかもわからないまま、小さな男の子がどうやって時間を潰せというのだろうか。のちに映画界でもっとも崇拝され、人気を集める〈ゴッドファーザー〉を生み出す未来の映画監督は、父親のテープレコーダーと十六ミリのプロジェクターを使って実験にふけっていた。コッポラは何時間もかけて、自宅のスクリーンで放映できる〈ミッキー・マウス〉や他の映画に音声をつけようとした。「私の少年時代はほとんど、映像に音を合わせることに費やされていたようだ」〈インサイド・ジ・アクターズ・スタジオ〉のインタビューに答えて、コッポラはそんなふうに言っている。

囚人のような生活と孤独がアーティストとしての成長を助けたのかと問われて、コッポラは迷わずイエスと言っている。「私は自分のための空想の世界をこしらえた。そしてそれが、今の私が取り組んでいる空想の世界の始まりだったのだろう」

リンゴ・スターことリチャード・スターキーも、いわゆる「線の細い」子どもで、二度も命にかかわる大病を患った。六歳のときには盲腸で病院にかつぎ込まれ、感染症を起こして昏睡状態に陥った。病気で一年近く学校を休んだせいで勉強についていけなくなり、同級生とも距離を感じるようになった。入院生活のあいだ気を紛らわすため、両親がおもちゃをふたつ買ってくれた。赤いミニチュアのバスと太鼓だ。ご想像のとおり、「リトル・リッチー」は太鼓をすっかり気に入った。ところが「善人は馬鹿を見る」とでもいうのか、隣のベッドの男の子にバスをあげようと身を乗り出した未来のビートルズのドラマーは、頭から床に転げ落ちて失神してしまった。

五年後、リンゴは結核を患い、二年近く田舎のサナトリウムで療養する羽目になった（当時はもっと響きのいい「温室」という名前で呼ばれていた）。そこでは週に一度、職員による患者向けのクラスが開かれていて、家事から手芸、楽器の演奏まで学べた。ドラムのレッスンがリンゴの人生を変えた。彼は二度と学校に行かず、家にこもって音楽を聴きながら、クッキーの缶を棒で叩いてリズムを取るようになった。気が向けば仕事をし、やがてビートルズの面々と出会うきっかけになるバンド活動を始めた。残りはロックの歴史が知っている。

これらのアーティストが大成したのが、子ども時代の孤独のおかげかどうかはわからない。けれど間違いなく言えるのは、不運が想像力の翼を解放する貴重なチャンスになり、好きなことをする楽しみを発見させたということだ。おかげで彼らは退屈、アンニュイ、孤独、ひょっとしたら絶望からも救われた。

スターの履歴書
フリーダ・カーロ　絵を描いて孤独を乗り越える

有名なメキシコ人画家のフリーダ・カーロは、人生でさまざまな苦しみを味わった。七歳でポリオ。十八歳で瀕死の重傷を負う大事故。背骨、鎖骨、骨盤を骨折し、右足は砕けた。おかげで慢性的な痛みに苦しみ、時には何カ月も整形用コルセットやギプスで体を固定して過ごさなければいけなかった。右足にはできものができ、死の直前には切断する羽目になったし、大人になってから少なくとも三十五回の手術を受け、車椅子なしでは動けなかったり、寝たきりだったこともたびたびだった。それなのに彼女はずっと絵を描き続けた。創造性という回路がなければ、どれだけ悲惨な人生になっていただろう。

〈フリーダ・カーロの日記〉（未訳）の序文で、作家にして同胞のカルロス・フエンテスは、カーロがその不屈の魂を通してまわりに「苦しみも病も、彼女の好奇心を絶やすことはなかったと知らせた」と言っている。「彼女はストレートに自らの苦悩を描いている。口を閉ざすことはなく、その叫びは明確な訴え、目に見える感情の形となっている」

百四十三点の作品のうち五十五点は自画像で、色彩豊かで生気に満ち、想像力あふれるいっぽう、カーロはコルセットや矯正器具をつけ、車椅子に乗っている自分の姿をさらけ出すこともためらわなかった。自分のむき出しの内臓を描くこともあった。理想の姿ではなく、ありのままの自分を描くことで、自分を襲った大きな苦しみと折り合いをつけようとしていたのだろう。日記にはこう書かれている。「苦悩と痛み、喜びと死もひとつの過程でしかない」

〈ボストン・グローブ〉に載ったカーロの特集記事のなかで、セバスチャン・スミーはこう語っている。「これ以上なく生々しい感情を存分に活用すること。痛み、肉体的な苦しみ、精神的な傷を、絵画における硬質なルビーやサファイアに変化させること。アートにそれができると示したカーロは、誰よりも多くの人間に絵筆を取らせた」前に向かおうとするその歩みを通して、カーロはアートを頼りに運命を克服することを教えてくれた。

◎自分の癖と付き合う：孤独を乗り越える

孤独にさいなまれたとき、ほとんどの人間はどうやって時間を過ごすのだろうか。天気が悪くて数日間、外出できなかったくらいにしても。もちろん、電子機器に頼るのだ。SNSを片っ端からチェックする。次々とメールを送信する。リアリティ番組を観て「友人たち」の人生をかいま見る。もちろん、とても楽しいことだ。でも今度、スマートフォンと熱さましだけを枕元にひとりぼっちになったら、毎日一時間でも日記を書いてみるのはどうだろうか。あるいは両親が数日旅行に出るというなら、木炭やパステルを使ってスケッチブックに絵を描いてみるのは？　寂しさが和らぎ、時間はもっと早く過ぎるはず。もしかしたら次の創造的な活動の突破口が見つかるかもしれない。

善意を受け渡す

繊細な魂のあなたは、演劇やコンサートや小説がタトゥーのように深く心に刻まれたときのことを覚えているだろう。それだけ感銘を受けたのがうれしくてしかたなかったはずだ。その感謝の気持ちのおかげで、他人にも同じことをしたいと思うようにならなかっただろうか。歌手のメアリー・J・ブライジはまさにそんな経験をしている。

心の底から歌い、トルストイが表現したように他人を「汚染する」歌手といえば、メアリー・J・ブライジだろう。でも自分が歌うようになる前、彼女は他人の歌で人生を変えられていた。二〇一〇～一一年のワールドコンサートツアーは〈ミュージック・セイヴド・マイ・ライフ・ツアー〉と呼ばれていたくらいだ。

ブライジのブロンクスでの子ども時代は過酷だった。母親はアルコール依存症、のちに家族を捨てる父親はベトナム戦争でＰＴＳＤを負った退役軍人で、母親に暴力を振るっていた。幼いブライジは性的虐待を受け、ドラッグ、アルコール、セックスの依存症になる。そんな彼女の人生を音楽が変えた。

ブライジは〈ＳＦＧａｔｅ〉のインタビューのなかでこう語っている。「音楽は生きる気力を呼び起こすものよ。すっかり落ち込んで死んでしまいたい、という人の話を何度聞いたことか。でも特別な歌が耳に入ると、その人たちにも力が湧いてくるの。音楽にはそんな力がある。神さまは人間に、悪い状況から抜け出す手立てをいくつかくださっていて、わたしにとってそれは音楽だった。はじめて〈ソウル・II・ソウル〉の〈キープ・オン・ムービン〉を聴いたときは、誰かが新しい魂を吹き込んでくれたみたいで、前に進みたいと思った」自身の歌と哲学を通して、ブライジはまわりの人間に同じことをしている。とりわけ貧困や虐待、または全世界に共通の「悲しみ」という経験を乗り越えようとする女性たちを支えている。

音楽に脳と心を癒すはっきりとした力があることを、脳神経医のオリヴァー・サックスも著書〈音楽嗜好症〉のなかで示してみせた。音楽には人に独特の影響を与える力がある。「音楽は心を直接突き刺すことができる。仲介は要らない。ディドとエネアス（ヘンリー・パーセルの一六八九年のオペラの主人公たち）について何も知らなくても、彼に向けた彼女の哀歌に心を動かされる。誰かを失ったことのある人なら、ディドが何を表現しているのかわかる。そして最終的に、深遠で不可解なパラドックスが生まれる。そのような音楽は人に痛みと悲しみをさらに強く感じさせるが、同時に、慰めと安らぎをもたらすのだ」（『音楽嗜好症』大田直子訳、早川書房、二〇一〇年）

音楽や他の形式のアートを通して、自分自身とまわりに慰めや癒しをもたらすことができたら、それは素晴らしいことではないだろうか。

アートで人を救うことには決して利己的ではない見返りもある。作家のジェームズ・ボールドウィンは一九六二年のニューヨーク・シティの教会で、苦しみの唯一の意義は他人の苦しみを和らげることだ、と会衆に語った。「他人の苦しみとつながるという点をのぞいて、自分の苦しみは取るに足らないものだと理解しなければいけない。そうやって自身の苦しみに対処できるなら、それから解放されるし、まわりにも同じ作用が起きるだろう。苦しみとは何か、私に語ることができれば、あなたがたの苦しみは和らぐかもしれない」

ケニー・ポーポラは自伝〈秋の風船〉（未訳）のなかで機能不全家族、アルコール依存症、喪失の悲しみの相互作用について書き、他の作家の作品から受けた影響と、読者に強い影響を与えたいという自身の欲求についても語っている。どうして自分の人生について書くのかと〈ザ・ランパス〉上で訊かれたとき、答えはこうだった。「ものを書くようになる前、私は他の人間の作品を読んだ。私よりずっと前に父親を亡くした人びとの詩やエッセイ、物語を読み、恋に落ちて恋に破れた人たちの話を読んだ。苦しみもがいた人たち、自分の存在に自信を持てなかった人たち、自分を醜いと思った人たち、奇妙でタブーとされていたことを本のなかで語った人たち、人間として堂々と立ち、歩み続けた人たちの話を読んだ。市内バスやがらんとした図書館でそれを読み、きっと自分にも書き加えることがあると思った。何らかの方法で善意を別の人間に引き継ぎ、市内バスに乗ったどこかの子どもの孤独感を和らげることができると悟ったんだ」

◎クリエイティビティを育てる：個人的から普遍的に

繊細な魂の多くは回想録や半自伝的小説、演劇、映画の脚本や詩を書いて、自分の人生や経験を理解し、人生の意味を求めている他の人間を救おうとする。そんなときありがちなのが、細かく書いたら相手が理解してくれなくなると思うこと。皮肉なことに真実は逆だ。観客はその経験と、自分の人生の共通点を探す。だから子ども時代を過ごしたアリゾナ州の砂漠について書き、イグアナが玄関前を横切っていったこと、サボテンに花が咲いたことを丁寧に書いてみよう。驚くだろうけれど、それは国の反対側に住んでいる読者の記憶を刺激するのだ。

繊細な魂の注意点

繊細な魂として生きるのは楽ではない。あなたを優れたアーティストたらしめている資質——共感と洞察力が、そのまま重荷に感じられることもあるはずだ。あなたが直面するかもしれない問題のいくつかに目を向けて、どうやったら自分の癖と付き合いつつ、意味のあるアートを生み出し、ちょっとだけ自分を守れるか考えてみよう。

気分障害と創造性

あなたはひょっとしたら精神面にトラブルを抱えているかもしれない。実は歴史に残るアーティストの多くもそうだった。

「苦悩するアーティスト」という型にはまったイメージが広く浸透したのは、多くの著名なアーティストが実際に過酷な人生を送ったからだ。かつてそういった苦しみは「神経過敏」と呼ばれたり、進んで崖っぷちを歩むような人生を選んだりしていると思われてきた。でも現代では、彼らの多くが不安神経症、うつ、双極性障害、ことによっては統合失調症を患っていたことがわかっている。

シルヴィア・プラスはそんな作家のひとりだ。それでもうつと自殺だけが人生のすべてだったというわけではない。彼女の日記を読むと、何度も重いうつに陥り、命を絶とうとしながらも希望と楽観性を持っていたことに驚かされる。書くことへの愛と具体的な目標が彼女を支え、前に進むことを可能にしていたのだ。ある日彼女はこう書いている。「わたしが書くことを望むのは、人生を表現するあるひとつの分野において秀でたいという強い気持ちがあるからだ。ただ生きることに邁進《まいしん》するだけでは満足できない」

もうひとりの偉大な作家ウィリアム・スタイロンも、気分障害について話すのがまだ一般的ではなかったころ、深刻なうつに悩まされていることを告白した。そのことは一九九〇年の自伝〈見える暗闇〉のなかで明かされているし、〈ヴァニティ・フェア〉への寄稿でも、暗闇にずぶずぶと沈んでいく恐怖が語られている。けれどうつがあらゆる分野で傑作を生む動力だったのも間違いないだろう。「文学やアートの歴史を通して、うつというテーマは悲しみという名の丈夫な糸のようなものだった」彼が引用したのはハムレットの独白、エミリ・ディキンスンの詩、ナサニエル・ホーソーンやエドガー・アラン・ポーの小説、アルブレヒト・デューラーの彫刻、ファン・ゴッホの「狂気じみた流れ星」、ベートーヴェンの交響曲、バッハのカンタータだ。

気分障害と創造性の関連は、今や個人的な告白やまわりの関心の域にとどまらず、研究者たちのテーマになっている。

二〇〇八年、精神科医のナンシー・アンドリーセンは〈ダイアローグ・イン・クリニカル・ニューロサイエンス〉で調査の結果を発表した。調査対象は有名なアイオワ・ライターズ・ワークショップの受講生や教授たちだ。彼ら作家たちの多くが決して軽くない気分障害を経験し、治療を受けた経験があったけれど、躁とうつの状態は数週間から数ヶ月という比較的短いスパンで切り替わり、そのあいまに長いこと「普通の」状態があったという。アンドリーセンが面談した作家たちは誰もが前向きで、ユーモアがあり、充実した人生を歩んでいるようだった。別の言い方をするなら、病気の状態とは裏腹に「苦悩するアーティスト」というステレオタイプには当てはまらなかった。

アンドリーセンいわく、創造性豊かな人びとは一般的に、人生をより素晴らしくも困難にもする資質を持っている。彼らは傷つきやすい反面、新しい経験に前向きで、矛盾を抱えて生きていくことを苦にしない。彼らの人生は先入観や一方的なルールには縛られない。その内面世界は複雑で、「普通の」人生を送っている人びとよりグレーゾーンが広い。あなたも当てはまらないだろうか。

他にもわかったのは、創造性豊かな人びとは往々にして批判や拒絶、変わり者扱いされることを受け入れなければならず、うつや社会的な孤立と近いところにいるということだった。気分障害と創造性が双方向の道であるのも当然だろう。

創造性のスイートスポット

精神科医のケイ・レッドフィールド・ジャミソンも〈炎に触れられて――躁うつ病と芸術家気質〉（未訳）のなかで、創造性と気分障害の関連について触れている。ジャミソンいわく、深刻な躁またはうつはアーティストが力を存分に発揮するさまたげになる。感情のアップダウンが激しすぎると、腰を落ちつけて集中するのが難しくなるし、重いうつはクリエイティブな作業に必要なエネルギーと意欲を奪ってしまう。

そのいっぽう、軽躁（中程度の躁うつ病）やメランコリーを思うか、そのふたつを行き来するのは「創造性のスイートスポット」だ。ジャミソンいわく、ある程度の躁状態にある人間はより思考のスピードが速く、なめらかで、独創性があり、うつ気味の人間は内省的で神経が細かく、見直しや編集という作業に向いているという。メランコリーはつらい経験を整理する手がかりにもなる（ただし安全な距離は必要）。より深い感情や無意識に分け入り、鋭い視点を手にする助けになるのだ。

中程度の障害を軽く見るつもりはないが、軽躁とメランコリーの行き来は創造性の豊かな土壌ではないか、とジャミソンは語る。「ある期間のメランコリー（時には躁状態が顔を出す）の経験は、いつもと違う洞察、共感、人間心理の表現につながる」

創造性の感情面のリスク

創造性の大きな副作用のひとつが——ただし治療薬はたくさんあるけれど——つらい記憶や感情、発見に向き合うことの精神的な負担だ。

過去と取っ組み合うのは、繊細な魂にとっては大きな苦痛だ。確かに喪失や悲しみといったつらい感情を探るのは大事な作業で、トラウマと折り合いをつける助けになる。けれど、もういっぽうでは、それを始めると不快な問題や負の感情から逃げられなくなる。投げ出したくなったり、先延ばししたり、「そこ」に分け入っていくのを避けたりしたくなる。しっかり向き合わなければいけない問題を茶化したくなることもあるだろう。

その問題はわたしのライティング講座でも目にしたことがある。学生のエッセイに、文章の趣旨とはほとんど関係のない、トラウマをほのめかす一文が混じっていることがある。本当はそのことについて書きたいけれど、たぶんまだ準備ができていないというサインだ。その状態でもかまわない。関わる覚悟のできていない、深刻な題材に無理やり向き合うことはない。でも覚えておいてほしいのは、つま先を水につけられたのなら、自分で思っているよりもずっと全身浸かる覚悟ができているかもしれないということだ。その気になったら飛び込んでみよう。もちろん、頭まで潜ることの危険はあるけれど。

ミュージシャンのスフィアン・スティーヴンスも、ジレンマに苦しんだ。幼いころ母親を亡くしたスティーヴンスにとって、自分が一歳のとき母親が家を出ていったこと、最後まで親しい関係になれなかったことが話を複雑にしていた。存在しなかった母親の死をどうやって悼んだらいいのだろうか。

結局スティーヴンスは母親と義理の父親の名前を冠したアルバム〈キャリー・アンド・ローウェル〉をレコーディングし、悲しみと混乱に向き合った。自分も早いうちに両親を亡くし、さまざまな悲しみを味わっている作家のデイヴ・エガースは、そのアルバムを「粗暴で、深々と悲しくて、どこまでも胸をえぐるようだ」と評した。

エガースのインタビューを受けたスティーヴンスは語っている。「あの曲をレコーディングしたのは、喪失に折り合いをつける手段だった。でも書くこととレコーディングは、思うように私を救ってはくれなかった。おかげでいっそう深い疑いとみじめさに沈んでしまった。一年間、暗闇の中にいたんだ」つまりアルバムを作る行為は望み通りの結果をもたらさず、求めていた精神的な癒しも得られなかったというわけだ。それでもいくらか怒りは発散できたし、役割を放棄した母親をある程度許す境地には至ったようだ。そしてもちろん、そのつらい過程のおかげで、同じような経験をしたリスナーたちが癒されたという事実もなぐさめになっただろう。

◎クリエイティビティを育てる：不安に名前を与える

繊細な魂タイプの多くは、試練やつらい経験をもとにアート作品を生み出す。時にはその作業が怖くなるのも当たり前だ。不安を乗り越えるか、最低でもうまく付きあっていくかするには、不安の正体を見極めるのが肝心。繊細な魂にありがちな不安はこんな感じだ。

・誰か自分の人生に共感してくれるのだろうか？
・身内の秘密をさらしたと非難される
・つらい経験と向き合うのが難しい
・自分の作品で誰を「救う」こともできない

・感情的な障害があると診断されると（あるいは薬で治療すると）創造性を鈍らせてしまうのではないか

どれが自分に当てはまるか考えたら、あと三つ不安をリストに追加してみてほしい。それからひとつひとつの不安について「じゃあ何ができるのか？」を考えてみよう。たとえばあなたの最大の恐怖が、身内の恥をさらしたとして家族の誰かに怒られることだったら、彼らの気持ちを黙って受け止めるか、反論するか、多少でも相手の感情を和らげる方法を考えてみよう。できれば作品を発表する前に。これ以外の不安に対しても同じ手順を繰り返し、不安の度合いが薄まるのを確かめてほしい。

スターの履歴書　ジャニス・ジョプリン　世界中の痛みを引き受ける

詩人のロバート・ローウェルも、繊細な魂として生きていくことの難しさを語っている。「あまりにも多くのものが見えるのに、皮膚が一枚足りない状態でそれを感じ取ってしまう」。繊細な魂は傷つきやすいというだけではなく、他の人間の痛みなどに共感しやすく、ほとんど同じくらいの強さでそれを追体験してしまう。言うまでもなく、そんな人生は楽ではない。だけどそこから、触れたら切れるようなアートが生まれる。

この描写に当てはまるアーティストがいたとしたら、歌手のジャニス・ジョプリンだろう。「内臓をえぐるような」という表現は、ジョプリンの歌のためにあるのかもしれない。〈サマータイム〉、〈クライ・ベイビー〉といった曲を聴いたら、間違いなく内臓が締めつけられるはずだ。ジョプリンは一九四〇年代から五〇年代のテキサス州ポート・アーサーで子ども時代を過ごした。そこは慣習に従うことがすべての社会で、ヴァージニア・ウルフが〈自分だけの部屋〉で語ったような「異なる本能」を持つ人間には過ごしにくかった。ジョプリンはなんとかして溶け込みたかったけれど、決してそれができないこと、それをしようとしたら魂が壊れてしまうこともわかっていた。

高校を卒業した十年後、一九六〇年代を代表するロックスターになったジョプリンは、卒業十周年記念の同窓会に出席した。色つきの細いフレーム眼鏡、髪に羽根飾りという人目を惹く姿だ。高校のころプロムに行ったのかとインタビュアーに訊かれると、誰にも誘われなかったから行かなかったと言い、憤慨したふりをしてみせた。でも実のところ、拒絶と「女らしくない」外見に対するいじめ、顔のニキビは十代のジョプリンをひどく傷つけていて、十年経っても引きずっていたという。数年後〈ローリング・ストーン〉の音楽評論家エレン・ウィリスは、ジョプリンが「アメリカの思春期の少女にとって最悪の運命に見舞われた——不人気という名の運命に」と書いた。

同窓会に参加する前後、ジョプリンはヘロインを断てないという理由で恋人に振られている。

結局二十七歳のとき、ヘロインのせいで命を落とした。ツアーの最中、バンドの男性メンバーたちが女を抱いているとき、ジョプリンは部屋でひとりきりで、寂しさと絶望感に襲われていた。PBSのドキュメンタリー、アメリカン・マスターズ〈ジャニス：リトル・ガール・ブルー〉のなかでバンド仲間のひとりは、ジョプリンは何百万人の愛情を受けていたけれど、たったひとりから愛されなければ壊れてしまう、と語った。

繊細な魂タイプの例に漏れず、ジョプリンは自分の傷だけと向き合っていたわけではなかった。先ほどのドキュメンタリーのなかで、元恋人はこう言っている。「彼女はみんなの痛みを感じ取ってしまった。ヘロインに手を出した理由のひとつは、そうすればまわりじゅうの人生に関わらなくてすむからだ。たいていの人間はそばで起きていることに気づかないけれど、ジャニスは気づいてしまった。それを締め出せなかったんだ」

もうひとりのバンド仲間、デイヴ・ゲッツは生前のジャニスを思い出して目を潤ませ、言葉を詰まらせながら言った。「ジャニスは他の誰もしないようなやり方で、自分の感情や、自分という人間と付き合っていたんだ。そうやって過ごすことは――そうやって生きていこうとすることは――ジャニスのようなアートを生み出す人間が払わなければいけない代償なんだよ」

繊細な魂は、そんな高い代償を払うことから逃れられないのだろうか？　メリル・ストリープやアデルといった、共感性が高いアーティストを見てみよう。ふたりとも地味な生活を選び、ハリウッドなどの華やかな世界とは距離を置いている。地に足をつけているようで、それでも自分に負荷をかけたり、壊したりしないまま自由に仕事をしている。「普通」という名の保護シートで包まれていることが、繊細な魂に落ち着きを与えているのかもしれない。

人生の大小の瞬間を記録する

繊細な魂タイプには、人生のありとあらゆる瞬間を——少なくとも記録に値する瞬間を——記録し、忘れたり失ったりするまいとしている人たちもいる。スマートフォンは電話というよりカメラ兼日記になっていて、出会った人びと、場所、出来事を片っ端から記録するためのものだ。いずれ失うのは避けられないとわかっていてもだ。あなたがそのタイプなら、人生に執着することで逆に人生を失っていないか一度自分に尋ねてみよう。

サラ・マンガソはその衝動を〈オンゴーイングネス——日記の終わり〉(未訳)のなかで追求している。二十五年に渡り、マンガソはなんと計八十万語を日記に書きつけ、ありとあらゆる瞬間を記録していたという。その想像を絶する努力について、彼女はこう語る。「わたしは『本当にちゃんと見ていた』と言うために書いていた。経験するだけでは不満だった。日記は人生の終わりに目覚めて、何かを失っていたと気づくことにならないよう、抵抗する手段だった」

ところがマンガソは、毎日のように記録をつけていたものの、もっと多くが忘却の彼方に消えていっていることに気づいた。そしてもちろん、出来事や恋愛の始まりと終わりに注意を払いすぎたせいで、肝心な真ん中を逃してしまっていた。

詩人にして作家エリザベス・アレクサンダーは、自伝〈この世の光〉（未訳）のなかで、愛する夫フィークルを五十歳で突然亡くしたことについて書いている。そこには記録や記憶に対するアーティストの執着心との戦いも記されている。自伝のなかで彼女は問いかける。「毎日、人間はどれくらい記憶することができるのだろう？　どれくらいであるべきなのだろうか？　わたしは自分の詩を通してそれを考える。思い出には浸りたくない。それでもわたしは記憶が頼りで、それを使って詩を作るし、アートはわたしの持っているもの――自分の人生と、まわりの世界からできている」彼女はこうも言っている。「わたしが書くのは夫を記憶のなかに固定し、一緒に時間を過ごし、忘れないようにするためだ。決して忘れないことはわかっているけれど」

人生、経験、人間にしがみつきたいという、あまりに人間らしい欲求と闘ったのち、ふたりの作家はどちらもある境地に達したようだ。アートと記憶を混在させつつ、その記憶に人生を支配されずにすむにはどうするべきか。繊細な魂のあなたも、きっと同じことを学ぶだろう。

まとめ

繊細な魂、あるいはその傾向があるあなたは感情の袋が大きく、その中身を創造的な活動に注ぎ込んでいる。創作したいという欲求があるだけではない。どうしても創らずにはいられないのだ。

その気質を最大限に生かしつつ、感情のせいでアートに対する判断力が鈍ったり、「苦悩するアーティスト」という危険な神話に呑み込まれたりしないようにするにはどうしたらいいだろうか？

・自分の繊細さ、感受性の鋭さを誇りに思おう。創造性を求められる活動ではプラスになるはずだ。
・アートがある種のカタルシスをもたらすか、人生をよりよく理解できるようになるか、試してみよう。
・創造性は絶望ばかりでなく、幸福や喜びからも生まれるのを忘れないこと。
・時には自分自身と、対象のあいだに距離が必要なことも忘れないで。
・寂しくなったら、アートを通じて人とつながる手段を見つけること。
・孤立してしまったら、想像力に慰めを見出そう。
・アートの才能を使って、他の人間の人生に違いをもたらそう。
・人生を記録するばかりではだめ。生きること！

第五章

活動家

――アートで世界を変える

詩人は世界の知られざる立法者だ。

――パーシー・ビッシュ・シェリー〈詩の擁護〉

アートは世界を変えられるとあなたは信じている。戦争を終わらせ、虐げられた人びとを解放し、貧困をなくすと思っている。

そんなあなたはきっと一九六〇年代を懐かしく思っているだろう(その頃生まれていなかったとしても)。インディゴ・ガールズのコンサートに、ボブ・マーリーの顔写真がプリントされたTシャツとジョン・レノン風の眼鏡という格好で参加し、憧れの反戦活動家勢ぞろいとしゃれこむのではないか。

もちろん〈ボーン・ディス・ウェイ〉や〈セイム・ラブ〉といった歌が直接、最高裁判所の同性婚支持を呼んだわけではない。でもアンソニー・ケネディ判事が判決文を書きながら、〈グリー〉の過去の放映分をTVで流し、デビッド・セダリスの〈じょうずにはなす日〉(未訳)収録のエッセイを読み、これらの歌を口ずさんでいたとしてもおかしくないだろう。あなたの最大の望みは、こんなふうに影響力のある歌やTV番組を創ったり、エッセイを書いたりすることだ。人びとの生き方や、ひょっとしたら歴史だって変える力を秘めたものを創りたい。

そんなあなたはきっと「活動家」だ。

活動家が創る理由

あなたが活動家、あるいはそんな傾向のある人間なら、世の中のどこを見ても不正が目に入るだろうし、黙って見ていることにも耐えられないはずだ。何かする以外の選択肢はない。次に挙げる創作の理由に心当たりがないだろうか。

公共広告に悲しげな目をした犬たちが登場して、ぞっとするようなBGMが流れるたびに、身を引き裂かれるような気持ちになるから。国も宗教もない世界は本当に実現できると思っているから。派手なスリラーを書いたり、雑誌の表紙にするために芸能人の写真を撮ったり、ラブコメで主人公の親友役を演じたりしているだけでは満足できないから。自分の才能はもっと高次元な役割に耐えられるはずだ。

政治ニュースが好きだけれど、それ以前に作家、ダンサー、画家だから。〈アラバマ物語〉を読んではじめて、小説は不正義といった大きなトピックを頭で理解するだけでなく、骨身に染みて感じさせてくれるとわかったから。世の中の役に立ちたいし、自分のアートを役に立てたいから。

活動家の横顔

活動家がとりわけモチベーションが高いのは、どんな一日にも正されるべきあやまちがたくさん含まれているからだ。創作欲を刺激する題材には事欠かない。

けれど自分の創造性をただ政治的な目的のために使いたいと思っているだけではない。あなたにとってそれは義務なのだ。

あなたの作品には「今、創られなければいけない」ものが多い。丸腰の黒人たちが警官に撃たれた事件を詩にして朗読会で発表したり、反戦のメッセージをストリートアートにしたければ、タイミングが肝心だ。

活動家に対する「甘ったるい理想主義者」という非難の声は、本人たちには誉め言葉として聞こえている。アートの力と政治的行動の力を信じられなければ、どうやって世界をよりよい場所に変えられるというのだろう。

活動家のあなたはアートが人びとの意識を変え、心を動かせると信じている。

そんなあなたはもうたぶん、活動家特有の問題と格闘してきたことだろう。作品がメッセージ過剰になるのを避けられるだろうか。政治的なメッセージを込めた作品には直接的な行動、デモ、政治活動と同じような効果があるのだろうか。

活動家を名乗るあなたへ

- どこを見ても不正が目に入る。何かの形で反応しなければ自分を許せない。
- 政治に関心はあるけれど、法律の資格を取ったり公的な機関で働いたりするのではなく、創造的な才能で対抗したい。
- 戦争も、貧困も、女性への暴力もなく、みんなが仲良く暮らしている世界が理想。
- ラブソングやメロドラマ、アクション映画を創るのもいいけれど、もっと大きな目的のあるアートを手がけたい。みじめな状況にある世界を改善したい。
- アーティストはその才能を政治的な目的に使う責任がある。
- アートと政治的なメッセージのバランスを取るのに苦心している(どちらか一方を犠牲にしたくない)。
- 「政治的に正しくない」アート作品を創るのが自慢だ。
- 自分は作品を通して「その他大勢」を代弁するために選ばれた。
- 自分が関心のある問題については、口だけではなく行動を起こしたい。
- 政治的なアートを創るたびに歴代のアーティストが食らってきた反発を自分も受ける覚悟がある。

答えのほとんどが「イエス」だったら、あなたは活動家。「イエス」が2つ3つしかなくても、素質は大ありだ。さあ、先を読もう。

活動家は世界のどこにいても権力に物申すので、相手の反撃を受けたり、場合によっては投獄や国外追放のような目に遭ったりする。もし必要と判断したら、相手はあなたを黙らせにくるだろう。

でも活動家が沈黙することはない。あなたのアートはきっと世間の目に留まる。

活動家いろいろ

あなたはアートでまわりにショックを与えたいと思うタイプの活動家かもしれない。あるいは政治的メッセージと芸術性のバランスを取りたいと強く望んでいるかもしれない。

次の活動家のタイプを見てほしい。

◎クリエイティビティを育てる：自分のタイプを見極める

あなたはどれ？

・代弁者（世界をある方向に導く）

・曖昧な活動家（政治がアートの一部か決めかねている）
・現実的な理想主義者（政治的な意味で、アートの限界を知っている）
・宣伝の天才（宣伝してアートの効果を高める）
・転向者（トップスターとして成功したのち活動家に転身）
・挑発者（「政治的に正しくない」アートを創る）
・ブレンダー（アートとメッセージを両立させたい）
・熱狂的な信者
・広報担当（ある団体やトピックの「顔」になる）
・ヒーロー（アートに命がけ）

代弁者

問題提起するのが活動家の存在意義だ。多くの活動家にとって、アートに強いメッセージを込めるのは選択の問題ではなく、必要不可欠なことだ――この世界の実情を考えるなら。〈なぜわたしは書くのか〉のなかでジョージ・オーウェルは、できることなら楽しみのためだけに書きたかった、と言っている。別の言い方をするなら、彼はきっと職人タイプだったのだ。ところが二度の大戦、ファシズムとナチズムの台頭、何百万人の虐殺という当時の世界の混乱ぶりを考えると、ペンの力で世界を変える責任を感じずにはいられなくなり、「政治的な目的」が書くことのいちばんの動機になった。

オーウェルは活動家的な文章を書かずにはいられなかったし、こんなことまで言った。「一九三六年以降に私が書いた文章はすべて、直接的にせよ間接的にせよ、全体主義に反対し、民主社会主義を支持するものだった。あの時代に、そのような話題を避けて通ろうと思うのは無責任だろう」

生まれたのは数十年後でも、バーバラ・キングソルヴァーならオーウェルの午後のお茶会の理想の客になっていただろう。文学と政治に関する彼女の意見は、オーウェルとほぼ重なっているのだから。キングソルヴァーの場合、違和感を覚えたのは湾岸戦争（一九九〇～九一）に対する世の中の姿勢だった。反戦デモに参加していたとき、そばを通った男に「嫌なら出ていけ」と言われてますますその感覚は強まった。アメリカを出ていけ、ということなのだろう。実際彼女はそうした。

スコット・フィッツジェラルドやジェームズ・ボールドウィンといった国外で暮らす文学者の偉大な伝統にならって、キングソルヴァーもヨーロッパに移住し、離れたところから自分の国についてより冷静に書くという課題に取り組んだ。スペイン滞在中には〈ジャバウォックの詩〉（未訳）と題したエッセイを書き、当時の米国にはびこっていた不正を糾弾した。

キングソルヴァーいわく、クリエイターは社会に対する義務を負っている。「アーティストがひとり負う責任とは、時に応じて苦い薬を砂糖でくるみ、社会の喉に押し込むことだ。知る必要がないと思っていることを知らせるのだ」苦い薬とは政治的な真実で、砂糖はそれを伝えるアーティストの手腕をさす。キングソルヴァーの意見では、トニ・モリスンの〈ビラヴド〉やシャーロット・ブロンテの〈ジェーン・エア〉といった小説は、新聞記事にはできないことをおこなっている。奴隷制度、戦争、女性の抑圧といった醜い現実に読者の目を向けさせ、登場人物に深く感情移入させるのだ。たとえフィクションの登場人物であっても、他者への深い共感を覚えた人びとはよりソフトな生き方を選び、戦争に行くのを拒否するだろうし、対立を煽るのも嫌になるだろう。そんなわけでキングソルヴァーは、読者を共感に誘う作家の才能は、ある種の代弁者としてひそかに効果的だと考えていた。

またフィクションは作家たちに、自分の哲学的な意見を披露する場所を与える。アイン・ランドは大作〈肩をすくめるアトラス〉のなかで、「オブジェクティビズム」という思想について説いている。小説の舞台は反ユートピア的なアメリカで、創造性のある生産者、科学者、アーティストが「保護国家」に対してストライキを起こし、山にこもって自由な経済活動をしようとする。ランドの主張は明解だ。人間が生きる道義的な目標は自身の幸せの追求で、社会のシステムとして有効なのは自由放任資本主義だけだ。ランドのこの最後の小説が一九五七年に発表されて以来、リバタリアンや保守派はオブジェクティビズムを依りどころにしてきた。当時の書評はほとんど否定的だったけれど、それでも小説は長いこと人気を保った。

◎クリエイティビティを育てる：トピックを選ぶ

あなたはきっとあらゆる問題に深く関心があるタイプで、アート作品を創ったり、歌を創ったり、社会の不正に対する怒りを表明しようと詩の朗読を企てたりするだろう。それはとても立派なことだ。でもちょっと焦点を絞り、自分がいちばんインパクトを与えられるジャンルを選んだほうがいい。あなたがいちばん許せない不正とは何だろう？　今、変化のときにふさわしい題材は？　語られるべきなのに、そうされていないトピックは？　あなたが是非とも関わりたい問題は何だろうか。自分の人生を、何年間でも捧げたいと思うトピックは？　これらの質問への答えが、正しい選択を助けるはずだ。

曖昧な活動家

すべてのアーティストが政治的な意味合いを作品に込めることに賛成しているわけではない。アートとは純粋で汚れがなく、政治とは無関係で、あくまで観客を感動させ楽しませるもので、感情を刺激する以上の役割はないと考えるアーティストもいる。もちろん、自分の主張を観客に押しつけるなどもってのほかだ。それは政治家や学者の仕事で、アーティストのやるべきことではない。

活動家のあなたにはきっと「純粋な」アートと政治的なアートの板挟みになった経験があるだろう。すべてのアート作品にはメッセージがなければいけないのだろうか。政治色が濃すぎたら観客は不快にならないだろうか。出版社やレコード会社にはそっぽを向かれ、売り上げは落ち、色眼鏡で見られるのではないか。あなたは政治的なアートに携わる決心をしているものの、そうしなければいけないのかどうか自信がない。

どれもまっとうな不安で、有名無名を問わず多くのアーティストの悩みの種だ。あるときわたしは、地元マサチューセッツ州ニュートンの図書館で開かれた〈なぜ書くのか〉というパネルディスカッションに参加した。質問タイムの最中、小説を書いているという参加者が手を挙げて、パネリストに助言を求めた。メッセージを込めた小説にしたいけれど、その目標を重圧に感じて書けなくなっているという。パネリストのひとり、アンドレ・デビュース三世のアドバイスは簡潔だった。「何かを主張しようなどとしないことだ。ただ真実をとらえるんだ」別の表現をするなら、メッセージはあくまで自然体で存在させ、無理やり盛り込んだりしてはいけない、ということだ。

フランシーン・プローズも仲間の作家たちと同様、アートと政治的な活動を共存させるのに苦労してきた。〈ニューヨーク・タイムズ〉に掲載されたエッセイにはこう綴られている。「では、作家は何をしたらいいのか。わたしたちはもっとも好ましく、もっとも真実味があり、独創性豊かで印象的かつもっとも音楽的で詩的な文章を書きたいと思っている。そのいっぽうで世界が奈落への坂を転げ落ちていることも知っている。そんななか、わたしたちは人間工学的に配慮された快適な椅子に座り、本当は社会的な意味などなく、無益かもしれない活動にいそしんでいるのだ」プローズはどんな答えを出したのだろうか。「アーティストとしての（アートへの）責任と、人間としての（他の人間への）責任を切り離すこと」言い換えるならアートの純粋性を保ちつつ、政治的な事柄に関わるということだ。

同じようにアートと活動を分けて考えようとしたのが、二十世紀のイギリスの詩人W・H・オーデンだった。彼が政治的な義務感に駆られていたのは間違いない。スペインに行ってファシストの独裁者フランシス・フランコとの戦いに加わり、のちにファシズムに反対する声明を発表し、長編詩〈スペイン〉を書いて、印税は反フランコの国際組織に寄付した。ところがのちにそれを撤回し、詩をなかったものにしようとした。子どもじみた政治観と稚拙な詩を恥ずかしく思ったという。

それらの経験をしたのち、オーデンは政治的な意味を帯びたアートの意義を疑うようになった。憧れの文学者を称える詩〈W・B・イェイツを偲んで〉には、こんな物議を醸す一行がある。「詩は何ひとつ起こさない」何十年ものあいだ、批評家たちはこの短い一行と鼻を突き合わせ、いったいなぜ詩人が——とりわけオーデンのような立場の詩人が——こんな否定的な主張をしたのか、と首をひねってきた。

社会的な意識が高い作家や詩人がよしとされた時代に、生前から名声を博していたオーデンが、なぜアートと政治活動を一緒にすることをそれほど嫌ったのだろうか？

どうやら彼は、政治的な言語と意味合いで自分の詩を「汚す」ことを恐れたようだ。なんといっても、史上もっとも名高い愛の詩を書いた詩人なのだから。興味があるなら映画〈フォー・ウェディング〉を観てほしい。彼のもっとも愛される詩〈哀悼のブルース（すべての時計を止めろ）〉が朗読される、涙なしには見られない場面がある。きっとオーデンは政治的な意識の高いアーティストや作家に誉められるためだけに、ひとつのやり方で創作する羽目に陥るのが嫌だったのだろう。

オルタナティヴ・ロックのバンド〈レディオヘッド〉のリーダー、トム・ヨークも同じことを考えていたようだ。二〇〇三年、バンドはアルバム〈泥棒万歳〉《ヘイル・トゥ・ザ・シーフ》を発表した。アメリカ大統領の公式賛歌〈大統領万歳〉《ヘイル・トゥ・ザ・チーフ》をもじっているのは明らかで、「シーフ／チーフ」はサダム・フセインが大量破壊兵器を隠しているとしてイラク戦争を正当化した当時の大統領ジョージ・W・ブッシュを指しているとされた。アルバム名の政治的な意味合いを否定するのは難しいだろう。ところがヨーク自身は、自分たちのバンドは政治的ではない、少なくとも意図はしてないと答えた。

本当だろうか？　アルバムのタイトルがおふざけだったとしても、政治的な響きは否定できないはずだ。それでもヨークは〈レゾナンス・マガジン〉に語った。「芯の部分が政治的なアートにいいアートがあるとは思えない。まず求められるのはそれがいいアートであること。そこではじめて救済の余地が生まれるんだ」ヨークが批判したかったことのひとつは「政治の言葉は醜く」、「どう考えても美的とはいえない」ことだった。

ただし誰もが同じ意見だとはかぎらない。マジックリアリズムの作家イタロ・カルヴィーノは、美しい言葉を使って政治的あるいは社会的な主張をする方法を見出した。〈文学の使い道〉（未訳）のなかで語っているように、政治的な文学は「声なきものに声を与え、名もなきものに名を与え、とりわけ政治言語が排除したか、そうしようとしているものに作用したとき」美しいのだ。「政治という色のスペクトラムでは見えないものを見る目のように」

公民権運動と女性運動に深く関わってきたアリス・ウォーカーもかつて「活動家と作家を兼ねることは自分を『単なるジャーナリスト』のレベルに落とさないだろうか」と思い悩んでいた。のちにジャーナリストとアーティスト両方の立場に通じる政治的な考え方を見出し、〈わたしたちが愛するものはすべて救われる〉のなかでこう語っている。「今のわたしには、いいジャーナリスト同様、活動することが自分のミューズだと理解できる」

あなたにとっても活動することがミューズなら、アンテナを張っておくこと。ミューズは無視されることを望まない。アートと政治的なメッセージをめぐる議論には気をつけながら、自分の直感を信じよう。自分自身が突き動かされるアートをしよう。この章の後半では、アートと政治をうまく両立する方法について説明する。

現実的な理想主義者

活動家タイプのいちばんいいところ、そして愛すべきところはその理想主義だ。あなたが活動するのは世界の現状を憂えているか、頭を抱えているか、ひょっとしたら義憤を感じているからだろう。子どもたちや未来の世代に残していこうという地球が、こんな状態だなんて！　あなたはアートが違いをもたらすと固く信じている。

ただし時には熱心な活動家にしても、オーデンのように問わずにはいられないことがある。政治的な色彩を帯びたアートは変化を起こせるのだろうか。この件に関する他の著名な作家やアーティストの発言も無視することはできない。

たとえばV・S・ナイポールは二〇〇一年のノーベル文学賞受賞式で、「フィクションは死んだ」と宣言した。ノンフィクションだけが世界の複雑さを伝えることができるという（そして彼はあと数冊小説を書いた）。

一九九〇年代、ユーモア作家のドン・デリーロは、文化的な意味合いではテロリストが小説家に取って代わったとよく発言した。「そう遠くない昔、小説家は恐怖に対する人間の意識に影響を与えられると信じていた」と、〈ニューヨーク・タイムズ〉に語っている。「今や人間の意識を形作り、左右するのはテロリストだ」（そして彼はそのあとさらに小説を発表した）。

ジョナサン・フランゼンもエッセイ〈それがどうした〉（未訳）のなかで、メッセージ性の強い小説についての迷いを吐露している。世界がめまぐるしく姿を変えるなかでは、別の種類のアートやニュースのほうが社会的な問題に迫れるのではないだろうか（そして彼は……以下略）。

おわかりのように、これらの作家たちは社会的意識の高い小説の影響力（あるいは影響力の欠如）についてずいぶん思い悩みながら、結局書き続けている。気をつけてほしいのだけれど、この種の大ざっぱな宣言は比較的簡単にできてしまういっぽう、それを守るのは難しい。はっきりしているのは、小説の影響力の低下を恐れつつも彼らがまだその力を信じていた（あるいは信じずにはいられなかった）ということだ。

活動家のあなたも、アートの大きな力を信じていることだろう。それでも活動家は、政治も社会も変化が起きるのはおそろしく遅いという苦い現実を受け入れなくてはいけない。あなたは自分が発表した反戦歌が大きな話題になり、世界中の何百万人が耳をかたむけ、デモや抗議活動を後押しし、アメリカ大統領がすぐさま中東の全部隊を撤収させるところを思い描いているかもしれない。

あいにく、アメリカ大統領はそんなことをしないだろう。歌にそこまでの力はない。

ボブ・ディランは一九六三年に反戦歌〈風に吹かれて〉と〈戦争の親玉〉を発表したけれど、

アメリカ軍がベトナムから撤収するのは十年後だった、と言うと学生たちはしょんぼりした顔をする。可哀想なことだ。

失望の種は無限にあり、希望を持てる要素は本当に少ないのに、どうしたら活動家は信念を貫けるのだろうか。政治的なアートの効果のほどがわからないのに、どうやってモチベーションを保てばいいのだろうか。

活動家のあなたには是非「現実的な理想主義者」を目指してほしい。理想に準じながらも、アートにできることとできないことを現実的に見極めている人間だ。ここ数世紀で作られた社会的なメッセージの込められた作品の多くが、社会や個人の生活に大きな影響を及ぼしたことも忘れないでいてほしい。ただ時間が掛かるというだけだ。

歴史家のハワード・ジンは現実的な理想主義者の代表格で、〈レゾナンス・マガジン〉ではこう語っている。「アートは強い一撃をもたらす鈍器というわけにはいかないが、ある種の詩的な効果を持つ」アパルトヘイトのさなかの一九八〇年代前半の南アフリカで暮らしていたころ、ジンはヨハネスブルクのマーケット劇場に、黒人と白人の俳優を両方起用した、当時としては画期的な演劇を観に行ったという。ジンには一本の芝居がアパルトヘイトを終わらせないことはわかっていたけれど、「アートは時間をかけてゆっくりと作用する。雨だれが石をうがつように」と語った。デジタル機器とSNSの現代でもそれは真実だ。アートには世界を変える力があるけれど、そのプロセスは革命というより生物の進化のようなものなのだ。

スターの履歴書　大きな変化を起こしたアーティストたち

アートが変化を起こすことが信じられなくなったら、これから紹介するアーティストの功績に目を通してみてほしい。

エリック・ジェンセンとジェシカ・ブラウン脚本の劇〈冤罪〉は、冤罪によって死刑を宣告された六人の実話を伝えている。二〇〇二年十二月、リチャード・ドレイファス、ダニー・グローヴァー、マイク・ファレルといった大物俳優たちが参加して、イリノイ州知事ジョージ・ライアンを含む観客の前で舞台を上演した。ライアンはちょうど死刑囚の運命を決めていたところで、観劇の一カ月後、百六十七人全員を終身刑あるいはそれ以下に減刑した。知事の任期を終えるわずか前のことだ。

第二次大戦中、アメリカ人の風刺漫画家ハーバート・ブロックは、アメリカが孤立主義に走って同盟国に加わらないことの危険を説いた。ある漫画には「こういうことか？」とキャプションがつき、ひとりの男が「孤立」とだけ書かれた看板を持つ別の男に世界地図を見せている。地図上ではほとんどの国が黒く塗りつぶされ、ドイツ、日本、ロシアの国旗だけが描かれている。ブロックら風刺漫画家たちは、第二次世界大戦に参戦するべきだという世論を後押ししたといわれている。

反対にベトナム戦争中には、反戦ムードがカウンターカルチャーから社会の主流になり、人気雑誌の中面や、ことによっては表紙に刷られた戦争の残虐性を伝える写真が、ベトナムからの米軍撤退論を加速させた。一九六〇年代を知っている人は、ピューリッツァー賞を受賞したAP通信カメラマン、ニック・ウットの作品を覚えているだろう。裸の子どもたちが恐怖の表情で道を駆けてくる写真だ。背後では南ベトナム軍が誤って市民に向けて投下したナパーム弾が火を噴いている。南ベトナム国家警察総監グエン・ゴク・ロアンが、南ベトナム解放民族戦線の兵士グエン・ヴァン・レムを至近距離から射殺する瞬間をとらえた写真もあった。報道写真家エディ・アダムズによるこの写真は、どんな映像や記事よりも人びとの戦争を継続する意思を削いだといわれている。

宣伝の天才

現実的な理想主義者とは、政治的なアートだけでは目標達成に不十分かもしれないと気づく人間でもある。時には世の中のニーズを読むことが、長い目で見たら人びとの行動に影響するかもしれないし（投票に行くことを勧めたり、環境破壊に抗議したり）、あるいは法律が変わるかもしれない（アメリカの場合、銃規制に関してなど）。

それでは「戦略的」すぎて「アートらしくない」だろうか？　こういった手法を選んだアーティストの名前にはびっくりするはずだ。たとえばジョン・レノン。

レノンは純粋なアーティストだと思われている。だってあの不朽の名作〈イマジン〉くらい理想主義的な歌があるだろうか。〈平和を我等に〉や〈ハッピー・クリスマス（戦争は終った）〉

より希望に満ちた歌があるだろうか。確かにどちらも反戦歌で、前向きなメッセージに満ちている。でもレノンは自分のメッセージを伝えるのに音楽だけに頼ろうとはしなかった。どうしてだろうか？

レノンはボブ・ディランの反戦歌をよく知っていたし、それが反戦ムードを高める一因になりながら、米国のベトナム作戦を終わらせるという大きな目標には至らなかったことも知っていた。

そんなわけで一九六九年、戦争真っ只中にレノンと、何かと悪者扱いされるアヴァンギャルドのアーティストで妻のオノ・ヨーコは、世界のメディアをアムステルダムのホテルのハネムーンに招いた。平和のための「ベッド・イン」を撮影してほしいというわけだ。こうしてふたりはメディアに囲まれ、まる一日パジャマ姿のままベッドで過ごした。

ふたりは特大の公共広告キャンペーンも始めた。ニューヨーク、ロンドン、ハリウッド、トロント、パリ、ローマ、ベルリン、アテネ、東京に「戦争は終わった！」と巨大な字で黒々と書かれた白い看板が出現した。メッセージの下には中くらいの文字で「あなたが望むなら」とあり、いちばん下にはもっと小さな活字で「ジョンとヨーコより、メリー・クリスマス」と書かれていた。そのメッセージはポスターやパンフレットにも印刷され、大手新聞社の紙面にもあらわれた。

自分の歌だけで人を動かすことができたら、とレノンが望んでいたのは間違いないが、彼は広告を使うことの意味も知っていたのだ。こんな言葉が残っている。「今の僕には、上手なやり方がわかる。政治的なメッセージはちょっとだけ蜂蜜をかけて伝えるんだ」

インターネットとSNSは、アートとメッセージの協力関係にいっそう力を与えた。二〇一六年一月、ストリートアーティストのバンクシーの壁画が、ロンドンのフランス大使館向かいの壁にあらわれた。そこに描かれたミュージカル〈レ・ミゼラブル〉のヒロイン、コゼットは催涙ガスに巻かれて涙を流していた。

その絵はフランスの警察がカレーの難民キャンプで催涙ガスを使ったことに対する厳しい批判だった。カレーはシリアやリビアからやってきた五千人近い人びとが暮らしている場所だ。警察はガスを使ったことを否定したが、映像が公開されると嘘が明らかになった。バンクシーはふだんのステンシルアートに加えて、コゼットの壁画ではじめて参加型のアートに取り組んだ。絵の下にはQRコードが描かれ、通行人がスマートフォンで撮影して、衝撃的な映像をオンラインで視聴できるようになっていたのだ。

〈ニューヨーカー〉の記者になぜストリートアートに惹かれたのかと訊かれ、「おれは昔、世界を救いたいと思っていた」とバンクシーは自嘲をこめて言っている。「今では世界がそこまで好きか、自分でも疑問だよ」うまい答えだけれど、何とか救い続けようと思うくらいには世界が好きなのだろう。〈タイムズ〉の美術批評家レイチェル・キャンベル・ジョンストンは〈デイリー・ビースト〉に語っている。「あらゆるアートは政治的な一面を持つが、バンクシーはいつも巧みにはぐらかす」こうも言っている。「彼はアートを武器に使う」あなたも同じことができるはずだ。

◎クリエイティビティを育てる：アートのインパクトを増す

活動家のあなたは、韻律や筆さばきを誉めてもらっただけでは満足できないだろう。世の中の人びとにはのっぴきならない社会問題に気づき、意識を変えるか、できることなら行動を起こしてほしいのだ。そのメッセージをもっとうまく伝えるにはどうしたらいいだろう。SNSでキャンペーンをしてもいい。問題意識を共有するNPOと手を組んでもいい。よりローカルな問題については、政治的なアートの宣伝ポスターを街じゅうに貼ってもいい。最初のうち宣伝するのが気恥ずかしいなら、自分を売り込んでいるのではなく、どうしても伝えたい問題を宣伝しているのだ、と自分に言い聞かせよう。

転向者

アーティストはだいたい生涯を通してひとつのクリエイターとしてのタイプを貫くもので、創作の動機は子どものころと変わらない。でもなかには自分自身が変わったせいで世界の見かたが広がったり、目標が新しくなったりして、それと同時にクリエイターとしてのタイプが変わる人たちもいる。わたしの見るかぎりでは、宗旨替えのもっともよくあるパターンは「トップスターから活動家」だ。

それもそうだろう。駆け出しのころ、アーティストはまず知名度を高め、名前を売り、商業的な成功を追い求める。ある程度の成功を収めたあと、まわりを見回し、自分のアートや立場を使って世界を変える方法を考え始めるのだ。

フランス人の写真家にしてストリートアーティストのＪＲも、ある時点から活動家になったタイプだ。初期の作品は「私はここにいる、存在している」と主張するために（トップスターらしい姿勢だ）、パリじゅうの建物にストリートアートを施すものだった。

ところがＴＥＤトークでも振り返っているように、ＪＲはやがてストリートアートに大きな政治的な可能性があることに気づき、同時に迷い始める。「アートは世界を救えるのだろうか？」するとある友人に諭されたという。「たとえ世界を救えなくても、変えることはできる」

ＪＲはアートが直接的に世界を変えられなくても、それによって心を動かされた人たちが世界を変えることができるのを学んだ。そのちょっとした現実という丸薬を飲んだＪＲは、大きな可能性を持ち、ただし限界もある政治的なアートとの付き合い方を理解するようになった。

それ以降JRは世界中を旅して、自分自身や他人の作品を使い、さまざまな地域に変化をもたらしている。とりわけ貧困、戦争、女性への暴力で傷ついた土地への影響は大きい。公共の場所に巨大な白黒写真をゲリラ的に飾り、ストリートを「世界最大のアートギャラリー」と呼んでいる。

ひとつの企画としてJRは、看護師やタクシー運転手という具合に、イスラエルとパレスチナの人びとが同じ種類の仕事をしている場面を撮った。それらの巨大な写真を、イスラエルとパレスチナを隔てる壁の両側に、背中合わせで展示した。狙いはもちろん、言葉ぬきで人びとに問いかけることだ。どっちがイスラエル人で、どっちがパレスチナ人かわかるだろうか？我々には違いより共通点のほうが多いのではないか？

また別の機会にJRはケニアのキベラにある家々の屋根に、村の女性たちの印象的な瞳の写真を貼った。写真は紙ではなくビニールに印刷されていて、おかげで村人の多くはしっかりとした防水の屋根を手に入れた。どの活動にしても、JRにとっては世界を変えたいという欲求が原点だったというわけだ。

ビヨンセ、またの名をクイーン・ビーというよく知られた歌手がいる。デスティニーズ・チャイルド時代から始まり、ソロ歌手として活動する現在まで、ビヨンセの才能には疑いの余地がないけれど、「ガール・パワー」というメッセージに関しては賛否両論だった。勇気を与えられたという女性たちがいるいっぽう、本当に女性の身体を誉めているのか、男たちを惹きつけ、喜ばせるためにある種の「女らしさ」を演じているのではないか、という批判もあった。

そんななか二〇一六年、ビヨンセはスーパーボウルで「ブラック・パワー」を真正面から称える歌〈フォーメーション〉を歌った。ちょうど黒人歴史月間のまっただ中で、数カ月後にはアルバム〈レモネード〉と一時間に渡るメイキング映像が発売された。活動家の誕生だ。

〈フォーメーション〉は警官による暴力や、ハリケーン・カトリーナがアフリカ系アメリカ人に与えた打撃を強く思い起こさせる。スーパーボウルでこの種の歌が歌われたのは初めてだ、と言っても差し支えないだろう。〈レモネード〉はひとりの人間の心の傷と、実話か創作かはさておき結婚相手の裏切りに対する激しい怒り、愛が困難を乗り越えるという強い希望についてのアルバムだ。それは黒人の女性たちと「ブラック・ガール・マジック」を称賛したものでもある。いちばん印象的な場面のひとつが、徐々に水没していくニューオーリンズの警察車両の屋根にビヨンセが座り、アフリカ系の人びとを象徴する短い映像が――黒人女性の身体や髪、顔など――挿入されるところだ。

トップスター兼活動家らしく、ビヨンセはスーパースターとしての地位を活用して、自分の信念を伝えるだけでなく、虐待され、軽視されている女性たちや、武器を持たないまま警官に殺されたアフリカ系アメリカ人の少年や男たちの母親に声を与えたのだ。

トップスターから転向した活動家は、トップスターの特性をそっくり捨てようなどと思わなくてもいい。ＪＲもビヨンセも、そんなことはしていないのだ。かわりに注目を集めるのが好きな自分の資質を生かし、目の前の問題に取り組めば、アートを通して大きなことが達成できるはずだ。

活動家のポジティブな性質

「政治的に正しくない」姿勢

活動家でいることには覚悟がいる。リスクを負ってものを創るのは、つねに一線を越えることと同義語だ。そして忘れてはならないのは、その線の引いてある場所はひとりひとり違うということだ。では、自分が線を越えているかどうか、どうやったらわかるのだろう？

その質問こそ、政治的なネタを披露するコメディアンが避けて通れないものだ。複雑な題材を取り上げれば、あらゆる反応が返ってくる。リチャード・プライヤー、レニー・ブルース、ジョージ・カーリン、ロザンヌ、ビル・メイヤー、デイヴ・シャペル、サラ・シルバーマン、ルイ・Ｃ・Ｋ、エイミー・シューマー。みんな独自のスタイルで線を踏んづけ、引きちぎり、二度と戻ってこないところまで遠くに押しやった。

〈インサイド・ジ・アクターズ・スタジオ〉のある回でデイヴ・シャペルは、間違いなく人を怒らせる挑発的なコメディをやる難しさについて語っている。テキサス州のある視聴者は〈コメディ・セントラル〉が「百遍でも地獄行きに値する」と言い、シャペル自身が〈シャペルズ・ショー〉の精神をあらわすと考えている寸劇に怒りをぶつけてきたという。寸劇の主人公は白人だと信じている盲目の黒人の男クレイトン・ビグスビーで、（ここがなんとも巧みなのだけれど）彼は人種差別主義者で、「ニガー」といった差別的な言葉を口にし、白人優位主義者たちと付き合っている。やがて彼は真実に気づく。

シャペル自身は、文句をつけてきた視聴者に対する怒りはないという。その女性の非難は的を射ていたかもしれない。けれど彼には自分の見たものを表現するしかないのだ。そしてシャペルは、活動家のすべてをあらわす台詞を口にした。「僕の大切な人たちからは、ときどきやりすぎじゃないかと言われる。確かにそうかもしれないが、僕はいつもそうやってきた。どこに越えるべき一線があるか知るにはそれしかないし、もし誰もその線を越えていなかったらどうする？　誰でも歴史の正しい側につきたい。時には今、目の前で起きていることが、長い目で見るとそう重要じゃないということもある。真実は永遠で、それ以外のものはみんな消えていくんだ」

エイミー・シューマーも「やりすぎ」と非難されてきた。本人のTV番組〈インサイド・エイミー・シューマー〉で、レイプについて軽い調子で語るような内容が放映された件について、トライベッカ・フィルム・フェスティバルで彼女はレイプを語るのは「つねにリスキーだ」と言っている。「あの番組を観た人は、わたしたちが重大な問題を茶化そうとしていたと思ったかもしれないけれど、本当は意識を変えようとしていたのよ」

あなたが取り組んでいるジャンルでは、線はどこに引かれているだろうか。その線を遠くに押しやり、読者や視聴者の怒り、非難、ネット上でのバッシングの危険を冒しているだろうか。きっとそうだろう。あなたは活動家なのだから。

ブレンダー　政治とアートを一体化する

さて、活動家のあなたは政治をアートに含みたいと思っているはず（さもなければ活動家タイプを名乗らないだろう）。おそらくあなたにとっての大きな課題は、オーウェルの表現を借りるなら「政治的な目的と芸術的な目的を混然一体にする」ことだ。

それは作家のリック・ムーディが掲げる目標と似ている。「私はいつも自分の政治的な立場をはっきりあらわしてきた。そのせいで美的につまらないものになっていないといいのだが……あるいは露骨すぎるものに。美と政治は両立すると私は信じている」

その種のバランスを保つのは一筋縄ではいかないし、ほとんどの場合は妥協するしかない。露骨にならないようわかりにくい表現を選んだり、直接的な表現のかわりに「ほら、あれ」とほのめかしたり、異端のかわりに正統を目指したり。すべてのアーティストがその道を行きたいと思っているわけではない。でもあなたの目標が自分の立場を知らしめるだけではなく、観客を説得することだったら――少なくとも、もっと多様な考え方があることに気づいてもらうことだったら――大きな目標とそれらの妥協を天秤《てんびん》にかけなければいけない。

そしてもちろん、メッセージ性が鼻につくという問題がある。誰でも芝居や映画を観て「わかったよ、もういい。十分だ！」と言いたくなった経験があるだろう。その作品を創った活動家がわかりきったことを説教していたか、アートと政治のバランスをうまく取れなかったかのどちらかだ。活動家は下敷きになっているテキストを観客が理解すると信頼しなければいけない――大きな物語に含まれている、ひそやかなメッセージを。

有言実行

活動家だからといって、道徳のテストに合格している必要はないはずだけれど、まわりの人びとはあなたの私生活がアートに準じたものであることを期待する。他のタイプのクリエイターには縁のない悩みだ。誰もパブロ・ピカソがフェミニストであることを期待しなかったし、フランク・ロイド・ライトが謙虚な善人でなくても文句を言わなかった。ところが活動家の場合、平和の歌を歌ったら、誰かにパンチを見舞っている動画を撮られるわけにはいかない。環境問題へのメッセージを込めた展示をやったら、缶やビンは必ずリサイクルしなければいけない。

ただしほとんどの場合、それは問題にはならない。活動家のアートは固い信念から生まれているからだ。実のところ、活動家のアートは実生活と切っても切り離せず、ほぼ重なっていることもある。政治的な関心を面白半分に文章やアートにしているのではなく、直接的にその問題と関わり合っているのだ。言い換えるなら、有言実行だ。

サラ・ケイもそんな活動家だ。わたしが最初に詩の朗読の威力に気づいたのは、学生のひとりにケイのＴＥＤトークの動画を見せてもらったときだった。「わたしに娘がいるとしたら」という詩に込められた言葉、感情、未来の母親が娘を教え導き、守ろうとして行うすべてのこと。何もかもがびりびりと伝わってきた。動画は大評判になり、ケイは〈プロジェクト・ヴォイス〉を立ち上げることにした。話し言葉の詩を使って「楽しませ、教育し、触発する」ことを目的とする団体だ。〈プロジェクト・ヴォイス〉のメンバーは学校を訪れ、パフォーマンスをし、生徒が自信を持って自分の物語を創る手助けをしている。

別の有言実行のアーティストは劇作家のイヴ・エンスラーで、演劇〈ヴァギナ・モノローグ〉を創り、性暴力のサバイバーという個人的な経験をもとに女性への暴力撲滅を掲げる団体〈Ｖデー〉を立ち上げた。毎年、〈ヴァギナ・モノローグ〉はアメリカ各地でチャリティー公演をおこない、現時点で一億ドル超の寄付金を集めている。Ｖデーはその資金を使って、閉鎖された女性シェルターを再開したり、宣伝活動をしたり、世界中の何千というシェルターや反暴力プログラムを支援している。

エンスラーはアートと活動のあいだの壁を否定する。彼女いわく、人間がすることはすべて政治的なのだ。〈ハーヴァード・ケネディ・スクール・ポリシーキャスト〉ではこう語った。「目の前の問題から人びとが目をそらす作品を書くことにしたら、それは政治的な決断です。今現在の社会問題への意識を高める作品を書いたら、それも政治的な決断です」エンスラーのアートと私生活におよぶ信念は明確だ。

◎長所を伸ばす：「スムージー」を作る

活動家のあなた。その情熱の炎を絶やしてはいけない。でもあなたの目標がアートと政治を共存させることなら、次の質問を自分に投げかけて、メッセージ性が強すぎてくどくなっていないか確かめよう。わたしの小説、劇、TV番組の主人公たちは話をするのではなく、語ってしまっていないだろうか。観客が意図を理解してくれるか不安で、コラージュにスローガンやキャッチコピーを書き込みすぎていないだろうか。「善人」が完全無欠で、「悪人」が地獄の使者に見えるよう、ドキュメンタリーを編集しすぎていないだろうか。これらの質問への答えが出たら、目標達成の方法がより明確に見えてくるはずだ。

活動家の注意点

活動家はめったなことでは足を止めない。ある問題にかける情熱は、創造的な作業をするための大きな刺激だ。あなたが直面するかもしれない問題のいくつかに目を向けて、どうやったら政治的な目標に惑わされず、目的に向かってアート活動をやっていけるか、癖の抑え方を考えてみよう。

広報担当をさせられる

あなたが活動家として評判になったとしよう。他の人間なら口をつぐむか、なかったことにしようとする厄介な問題に恐れず取り組むといわれている。それではもし、ある団体やテーマのためにいつでも政治的であることを期待されるようになったら、どうしたらいいだろうか。何人かのアーティストが経験してきたことで、避けるに越したことはない運命だ。

ジェームズ・ボールドウィンは自分の経験について、また自身の小説に登場する二十世紀半ばのアメリカの黒人やゲイ（あるいはその両方）について繊細に書き、語っている。そういったアイデンティティを背負った人々の葛藤について書かずにはいられず、実際に彼の作品は公民権運動の道筋をつけたと言われている。ところがもともと個人的で、アートのためだったはずの選択は、いつしかボールドウィンに重くのしかかるようになった。彼はあるインタビューでこう語っている。「あるとき私は公民権運動に参加していた。そこでマーティン・ルーサー・キング・ジュニア、マルコムX、メドガー・エヴァースなどに出会ったとき、自分の果たすべき役割がはっきりした。自分のことを広報担当だとは思っていなかったが、編集者を動かす物語が書けるのはわかっていた。何かができるとわかれば、それをやらずに過ごしていくのは難しいものだ」それでもボールドウィンは「あの」ゲイについての作家、「あの」黒人についての作家、とレッテルを貼られるのを嫌った。ただ作家として見てほしかったというだけだ。

数十年後、映画監督のスパイク・リーも同じ問題にぶつかった。一九八九年の映画〈ドゥ・ザ・ライト・シング〉は、ある表現方法を使ってメッセージを伝える最高のお手本のひとつではないだろうか。人種差別と経済格差というテーマが前面に出ているものの、リーの描く登場人物はみんな愛すべき人物たちで、人間くさく、「人種のサラダボウル」ニューヨークの素晴らしさとでたらめさをみごとにあらわしている。観客はさまざまな視点に触れたことを実感しながら、映画館を出たことだろう。

先輩のボールドウィン同様、リーもアーティストとしての義務ではなく自由を追い求めている。〈アトランティック・マンスリー〉にはこう語った。「私はいつも、人種について発言する立場に置かれている……四千五百万人のアフリカ系アメリカ人の代表として」彼はプレッシャー、責任、自由を縛るものを求めていない。

ある問題に対する広報担当に選ばれるのは名誉なことで、人びとに大きな影響を与えるリーダーとして見られている証だ。でもアートが選択ではなく義務になることくらい、何かを創る衝動を殺すものはない。たとえボールドウィンやリーに比べてささやかな役回りだとしても、もし自分がそんな立場に置かれたら「わたしはわたしのアート活動をする」とはっきり言おう。他の人間の期待に沿ったアートを創ることはできない。

タイミングを見極める

時には想像を超えた悲惨な出来事が起き、ふだん反応が早い活動家でさえ遅れを取ることがある。とりわけ二〇〇一年の同時多発テロでは、活動家を含む誰もが呆然とし、どう反応するべきか迷っていたのではないか。ほとんどのアーティストはすぐ答えを形にするのを避けた。

でも何人かよく知られた例外がいる。二〇〇一年十月二十日には〈コンサート・フォー・ニューヨーク・シティ〉が開かれ、寄付金を募り、救出活動に当たった人びとに感謝しつつ犠牲者を悼んだ。出演者にはポール・マッカートニー、ザ・フー、ビリー・ジョエル、ジェリー・サインフェルド、デヴィッド・ボウイ、エルトン・ジョン、彼の代名詞でもあるオペラ・マンに扮したアダム・サンドラーがいた。ライブ中継は五時間に及び、三千五百万ドルが集まった。

初期の反応としては二〇〇二年七月にリリースされたブルース・スプリングスティーンのアルバム〈ザ・ライジング〉もある。〈アズベリー・パーク・プレス〉のウェブサイトには、スプリングスティーンに関するこんな逸話が載った。ワールドトレードセンターを襲ったテロの数日後、ロックの神さまの隣に車が停まり、男が窓を開けて言ったという。「おれたちには今、あんたが必要だ」スプリングスティーンは男の言い分を認めて、すぐ創作に取りかかった。

それでも、商業的な意味では創造性の泉はあふれなかった。それどころか反対のことが起こった。多くの映画やTV番組は放映が延期されるか差し替えられ、場合によってはキャンセルされた。映画の公開はテロや暴力的な場面が含まれるという理由で延期された。二〇〇一〜〇二年のTV番組のシーズンは開始が遅れ、九月中旬に予定されていた放映は下旬まで延期された。深夜のトークショーは、コメディアンや司会者たちが対応を話し合っているあいだ、数日間放映されなかった。第五十三回エミー賞は九・一一の五日後に予定されていたものの、数週間延期されることになり、その後アメリカがアフガニスタンに爆撃を開始する日と重ならないよう一カ月延期された。これでもまだ序の口だ。

ぴりぴりした雰囲気を考えれば、活動家たちが同時多発テロに関する映像や歌、演劇を創ることをためらったのも無理はない。過剰に愛国的に見えるか、その逆に見えてしまうのではないだろうか。悲劇をダシにしていると思われないだろうか。複雑な歴史と衝突の上に起きた悲劇を、どうやって表現したらいいのだろう。そしてアートはこの事件の犯人像をどうとらえればいいのだろうか。病んだ人間か、狂信的な人間か、アメリカの中東外交政策に反発する一部の政治的な団体か、オサマ・ビン＝ラディンの部下たちか。それすらもわかっていなかったのだ。

　それ以上に、いったい何を言うべきか、どのアートの形式がいちばんいいのだろうか。さまざまな不安はあったものの、著名なアーティストたちは（数名にしても）九・一一に直接あるいは間接的に言及する小説を書き始めた。イアン・マキューアンの〈土曜日〉やジョナサン・サフラン・フォアの〈ものすごくうるさくて、ありえないほど近い〉などだ（十年後に映画化された）。でもみんなが満足していたわけではない。〈サロン〉の書評家ローラ・ミラーは、事件から十年が経った二〇一一年に「いちばん優れた本も、空白のまわりをさまようことしかできなかった」と綴った。「ひとことで言えば小説とは意味を探し、創り出すもので、だからこそあのおぞましい日とは根本的に相容れないのだ。おおもとのところであの事件は無意味だった」それは映画監督たちの葛藤の説明にもなっているかもしれない。

　作家やアーティストを苦しめた別の問題もある。アートは崩壊するツインタワーのニュース映像に対抗できるのだろうか。その映像は何度となく流され、世の人びとの記憶に焼きつけられたというのに。

　事件の衝撃の大きさや、いわゆる無意味さに圧倒されたら、わたしはこうアドバイスしたい。あなたにとって大切なやり方で、必要なときに反応しなさい。自粛したり、口をつぐんだりする必要はないけれど、急げと言われても耳を貸さないこと。自分にとっていちばん意味を持つこと、いちばん言うべき中身があることに反応するのが、正しい道を歩んでいる証だ。

アート（と人生）の綱渡り

活動家のあなたにとっては少し深刻な話をしよう。これまで見てきたように、アートという意味でのリスクを冒すことには度胸がいる。誰かを怒らせたり、ファンを失ったりするからというだけではない。今日に至るまでの活動家の世界的な歴史を振り返れば、そこには深刻なバッシングに直面した勇敢な人びとが大勢いる。検閲、人格攻撃、失業、投獄、追放、暴力、殺害予告。SNSを使っていれば乱暴で人種差別的、女性差別的なコメントが届くことも数知れない。

別に活動家をやめろと言っているわけではない。でもあなたが作品を、あるいは自由や生命そのものを危険にさらしたすごいアーティストの輝かしい歴史に連なっていることは自覚しておいたほうがいい。

このあとに挙げるのは二十世紀あるいは二十一世紀に（それ以外にも例はたくさんある）闘い抜いた人びとの歴史だ。危険や困難の裏には明るい材料もあることがわかるだろう。多くの場合、彼らの犠牲はアートの人気をさらに高めて、より大きな成功を呼び込んだのだ。

◎クリエイティビティを育てる：不安の正体を突き止める

活動家タイプは世界を変えたいと思っていて、決して目標を下げたりしない。それでも批判がたくさん来ることは知っていて、それは怖いことだ。不安を乗り越えるか、最低でもうまく付きあっていくかするには、不安の正体を見極めるのが肝心。活動家にありがちな不安はこんな感じだ。

・アートは世界を変える武器にならないのではないか
・いつも政治的なアート活動をすることへの周囲の期待
・メッセージがアートを侵食してしまう
・立場を受け入れられないファンが去っていく
・検閲や反発、ことによっては暴力の危険に直面する

どれが自分に当てはまるか考えたら、あと三つ不安をリストに追加してみてほしい。それからひとつひとつの不安について「じゃあ何ができるのか?」を考えてみよう。たとえばあなたの最大の恐怖が、あまり支持されない意見を述べたり特定の政治家を支援したりしてファンを失うことだとしたら、ひとりファンが去るたびにひとり新しいファンがあらわれるのを覚えておこう。あるいはファンをなくしたとしても、自分を自由に表現したことで安堵感に包まれるかもしれない。これ以外の不安に対しても

同じ手順を繰り返し、不安の度合いが薄まったか確かめてほしい。

スターの履歴書　すべてを賭けたアーティストたち

検閲、発禁、ブラックリスト入り

・一九三九年、ビリー・ホリデイは〈奇妙な果実〉をレコーディングした。「果実」とはリンチを受け、木から吊るされた黒人たちの比喩で、強烈で恐るべきイメージだった。レコード会社のコロンビアはスタジオでレコーディングすることを許さず、特別なレーベルで録音するよう一時的に彼女との契約を解消した。アメリカのラジオ局には放送を拒否するところも、放送したところもあり、一九三九年にはミリオンセラーを達成してベストセラーアルバムになった。グリニッチ・ヴィレッジの〈カフェ・ソサエティ〉でホリデイがパフォーマンスの最後にその歌を歌うときは、演出上の効果を高めるため、店員たちはあらかじめテーブルの準備を終えていた。ホリデイは祈りを捧げるように目をつぶって歌い始める。部屋は暗く、歌手の顔だけにスポットライトが当たっている。アンコールはなかった。〈奇妙な果実〉は数々の賞を受賞し、〈タイム〉の「世紀の歌」に選ばれている。

・一九四七年、共産主義に対するアメリカ人の神経症的な恐怖が頂点に達していたころ、十人の著名な映画監督や脚本家たちが大胆にも公の場で、ジョセフ・マッカーシー率いる下院非米活動委員会《HUAC》の戦略を非難した。当時はハリウッドに共産主義の影響が広がっているとされていたものだ。「ハリウッド・テン」と名づけられた十人は全員ブラックリストに載せられ、懲役刑を受け、表立って仕事をすることを禁じられた。しかし痛快なのは、のちに何本か「ハリウッド・テン」を称賛する映画が創られ、観客にその負の歴史を知らしめたことだ。〈ウディ・アレンのザ・フロント〉、〈グッドナイト&グッドラック〉、〈トランボ　ハリウッドに最も嫌われた男〉などだ。

・二〇〇三年、イラク戦争の最中に〈ディクシー・チックス〉のリード歌手ナタリー・メインズが、当時のブッシュ大統領を批判した。ロンドンでのツアー中、観客に「アメリカ大統領がテキサス州出身なのを恥ずかしく思っている」と言ったのだ。バンドのメンバーたちの故郷はテキサス州だった。その代償として〈キュムラス・ブロードキャスティング〉は二百六十二のラジオ局のすべてでディクシー・チックスの曲を放送禁止にし、〈トラベリン・ソルジャー〉のオンエアは十五パーセント減り、バンドはビルボードのシングルチャートの一位の座から転落した。

・二〇一〇年、ユーチューブは英国人女性ラッパーM・I・A（マータンギ・アルルピラガーサム〉の曲に暴力的な内容があるとして、ミュージックビデオを削除した。M・I・Aはスリランカ軍が少数民族タミル人を虐殺していることに抗議し、映像を創ったのだ。でも希望が持てる面もある。ユーチューブによる検閲はその歌の人気を高め、政治的な意図がより広く受け入れられることになったのだ。

降板、キャンセル

・物議を醸すのが珍しくない歌手マドンナは一九八九年、〈ライク・ア・プレイヤー〉の歌とビデオを発表した。MTVはそれを放映したものの、「デリケートな問題を含む」という注意書きつきだった。宗教団体は映像内で十字架が燃やされていること、宗教的なシンボルと性的なシンボルが一緒にされていることに抗議した。結果としてマドンナはペプシとの巨額の宣伝契約を失った（ただし五百万ドルの違約金を手にした）。ヨハネ・パウロ二世まで、カトリック教徒は彼女のコンサートをボイコットするべきだと発言した。もちろんそうした行動は逆効果で、ビデオはその年の後半、MTVビデオ・ミュージック・アウォードの視聴者賞を受賞した。

・二〇〇一年九月十七日、同時多発テロから一週間も経たないころ、ビル・マーはその名も〈ポリティカリー・インコレクト〉というTV番組のなかで、テロリストは臆病者だというブッシュ大統領の発言に反論した。「臆病者は我々だ。二千マイル離れたところからミサイルを放っているじゃないか。それは臆病だ。こんな言い方は問題になるだろうが、ビルに激突しようという飛行機の中に留まっているのは臆病とはいえない」その結果としてシアーズやフェデックスといったスポンサーが広告を打ち切り、翌年ＡＢＣはマーとの契約を延長しないことにした。例の発言とは関係ないとＴＶ局は説明したものの、マーたちは信じなかった。

逮捕、投獄、暴行

・ゲイのアイルランド人作家兼詩人のオスカー・ワイルドの作品は〈まじめが大切〉がいちばんよく知られているだろうか。彼は一八九五年に男色および猥褻罪で投獄された。釈放されたときは一文無しで体も壊し、パリに移住して、執筆もやがてあきらめてしまう。「書くことはできるが喜びを感じなくなった」と、一九〇〇年の死の直前には語っていた。

・一九六一年から六四年にかけて、コメディアンのレニー・ブルースは猥褻罪で四度逮捕されている。最初はサンフランシスコの〈ジャズ・ワークショップ〉の舞台で、男性の身体の一部を使った侮辱的な呼び名を口にしたとして。二度目は「尻の穴《シュマック》」という単語を使ったとして。三度目と四度目はどちらも一九六四年の春、グリニッチ・ヴィレッジの〈カフェ・オ・ゴーゴー〉で、一回のショーのあいだに百を超える猥褻な単語を口にしたと潜入捜査員が証言して。

二〇〇三年、当時のニューヨーク州知事ジョージ・パタキは三度目と四度目の件についてブルースの死後恩赦を与えた。

・中国人ビジュアルアーティストのアイ・ウェイウェイは、二〇〇八年の北京オリンピックを批判したことで国際的な注目を集めた。大会の中心となる建物をデザインしたあとのことで、その後も政府による民主主義と人権の抑圧を非難した。議論を呼んだ作品のひとつが、天安門やホワイトハウスといった文化と権力の中心に中指を立てる写真シリーズ〈スタディ・オブ・パースペクティブ〉だ。その歯に衣着せぬ発言と大胆なアートのせいでアイ・ウェイウェイは投獄され、警察にひどく暴行されて脳手術を受ける羽目になったという。彼は北京を出ることも禁じられている。TEDトークではこう語った。「私は言論の自由が許されない社会に生きている……社会と関わる作品を創り、可能性を広げたい」

亡命、追放

・一八九八年一月十三日、フランス人作家エミール・ゾラは「私は弾劾する」という文章をフランスの日刊紙〈オーロール〉の一面で発表したことで、作家生命と自由の危機に立たされた。手紙は当時のフランス大統領フェリックス・フォールと軍のトップに宛てたもので、ユダヤ系の仏陸軍大尉アルフレッド・ドレフュスがスパイ容疑をかけられ、投獄されているのは反ユダヤ主義と法の腐敗のせいだとしていた。ゾラは名誉棄損罪に問われ、自身も投獄を逃れるためイギリスに渡った。のちに政府の崩壊を前に帰国を果たし、ドレフュスも釈放されたのちに潔白が認められている。ゾラは言った。「真実は行進を続ける。何人《なんぴと》たりともそれを止めることはできない」ゾラの文章が掲載された百年後、フランスのローマカトリック系日刊紙〈ラ・クロワ〉は、ドレフュス事件のさなかの反ユダヤ主義的な記事について謝罪した。

・一九四五年二月、小説家にして歴史家、ソ連を公に批判していたアレクサンドル・ソルジェニーツィンは私的な手紙にヨシフ・スターリンを侮辱する文句を書いたとして逮捕された。彼は反ソ連プロパガンダの罪に問われて八年間を労働収容所で過ごしたのち、北カザフスタンのコク・テレクに追放される。明るいニュースとして、一九七〇年にノーベル文学賞を贈られた。悪いニュースとして、帰国が許されないのを恐れてストックホルムの授賞式に出るのを断った。さらに悪いニュースとして、一九七四年にソ連から追放された。最後の明るいニュースとして、ソ連崩壊後の一九九四年に母国の土を踏んだ。

殺害予告（そして暗殺）

・チリ生まれのノーベル文学賞詩人パブロ・ネルーダは共産主義者で、後期の作品にはそのことが色濃くあらわれている。一九四〇年代後半、チリの大統領ガブリエル・ゴンザレス・ヴィデラを批判したことで、ネルーダには逮捕状が出された。彼は家族を連れて出国し、五年間を異国の地で過ごす。およそ二十年後、チリの共産党が彼を大統領に指名するものの、ネルーダは社会党の候補サルヴァドール・アジェンデを支持すると言った。アジェンデは当選し、ネルーダをフランス大使に任命する。そののち一九七三年、アジェンデは右派のクーデターで失脚する前に自殺し、アウグスト・ピノチェトが政権を握った。こうして話はきな臭くなってくる。ネルーダはわずか数日後に不可解な状況で命を落とし、死をめぐる状況は謎のままだ。二〇一五年、チリ政府はピノチェト政権が彼を殺害した可能性がある（むしろきっとそうだろう）とする資料を発表した。

・「ラシュディ事件」が起きたのは一九八八年、サルマン・ラシュディが四作目の小説〈悪魔の詩〉を発表したときだ。作品は預言者ムハンマドの人生を題材にしていて、イスラム教徒の一部はそれを侮辱と受け取った。翌年イランの最高指導者アヤトラ・ホメイニ師がファトワー（布告）を出し、ラシュディを殺害するようイスラム教徒に命じた。ラシュディ自身は死を免れているものの、問題の小説をめぐっては何人もが殺害されたり暗殺未遂に遭ったりして、爆破事件まで起きている。イラン政府は一九九八年に公式なファトワーの支持を取りやめてはいるが、撤回されていない。〈ガーディアン〉の記者ハニフ・クレイシはそれを「戦後の文学史において最も重大な出来事のひとつ」と呼んでいる。

活動家のあなたがこんな過激な目に遭わないことを祈るけれど、どのみちあなたはアートを通じて自分の生き方と意見を世に問うことをやめないだろう。それは尊い挑戦で、おかげで世界はよりよい場所になっている。

まとめ

あなたが活動家、あるいはそうした傾向の持ち主なら、いつだって世界に飛び出して行こうとしているだろう。創造性はその強烈な意見を世の中に問い、人びとに影響を与えて世界を救うか、ひとまず変えるためのものだ。創造性と理想主義を最大限に生かしつつ、ひとさじの現実をアートと行動に取り入れるにはどうしたらいいだろう。

- 立ち上がって、アートで世界を変えよう。最初のうち、あなたの問題提起に世間の人たちが関心を寄せてくれなくても、がっかりしないこと。いつか風向きは変わる。
- 創るもののすべてに政治的なメッセージが込められていなくてもいい。純粋な美とエンターテインメントだって、この世には必要なのだから。
- 政治的な目的を持つ作品も、出発点はアートだ。メッセージを盛り込みすぎてアート性を台無しにしたり、せっかくの観客を白けさせるようなことは避けよう。
・目の前で起きている問題に取り組んでいるときは、広告、SNS、その他を使ってアートにいっそう勢いを与えよう。アートだけで目標を達成できるとはかぎらない。
・創造性を生かして人びとを代弁してもかまわないけれど、視野が狭くなるのには注意すること。
・地域や世界の問題に反応するときは自分のタイミングとやり方で。
・政治的なアートに関わるリスクを自覚しつつ、おじけづかないようにしよう。その志を失わずに闘うこと！

終章

すべてのタイプのクリエイターたちに

創造は知性の遊びだ。

——アルバート・アインシュタイン

ここまでの章で、それぞれのタイプを代表する偉大なアーティストたちの心と頭脳に分け入ってきた。あなたはアーティストとしての自分自身について何を発見しただろうか。舞台の真ん中を独占したいトップスターか、技を完成させようとしている職人か、まったく新しいアートを手がけようとしているゲームチェンジャーか、自分の人生の意味を見出し、他の人間を救いたいと思っている繊細な魂か、アートで世界を変えようと固く決心している活動家か。ぜんぶの要素をちょっとずつ持っているだろうか。

どのタイプにしても、なぜ創造性が自分にとって大切なのか学び、折に触れてその理由を確かめることは、あなたにとって大きな支えになるはずだ。とりわけうまくいかず（誰にでもそんな時はある）最初の一歩が出なかったり、高い壁にぶつかっていたり、創造性に再点火しなければいけないときは。

ほとんどの性格や癖はひとつのタイプに特徴的なものだけれど、なかにはどんなアーティストにもあてはまる共通のものもある。それについて学ぶのも大事だ。そんなわけでここからは、ちょっと角度を変えて、アーティストとしてのタイプを問わず、創造性豊かな人間の毎日に大きな影響を及ぼすきっかけやヒントをご紹介する。さあ、どれが自分にしっくりくるだろうか。

憧れの人に恩返し

多くのアーティストや作家は自分たちの先を行き、道を拓いてくれた人びと、あるいは自分たちの存在を可能にしてくれた人びとに深い関心を持っている。自分の創造性を使って恩返ししたいと思っているかもしれない。

わたしの場合、自分の母親が一九七〇年代式のキッチンに腰をおろし（光沢のあるオレンジと黄色のギンガムチェックの壁紙、大きな花、茶色のリノリウムの床、合成樹脂のテーブル、固定電話）、仲良しの女友達と話に花を咲かせているところが思い浮かぶ。受話器をあごの下にはさみ、左手に煙草を持っていることもあった。右手ではメモ帳に幾何学的なデザインを落書きしていた。母がアーティストを名乗ることは一度もなかったし、わたしが十七歳のときに亡くなってしまったので、娘の作家としてのキャリアを目撃することもなかった。でも母が「ただの」落書きをしていたとは思いたくない。きっと母のなかの自分を表現するという欲求が、そんな形で出てきたのだ。

両親はクリエイターとしての道こそ歩まなかったけれど、わたしが文章を書いたり、絵を描いたり、ピアノを弾いたり（「ど」がつくほど下手）、ギターを弾いたり（かろうじて聴くに耐える）するのを喜んでくれた。妹とふたりで両親の銀婚式を祝い、ロングアイランドの実家の地下でサプライズパーティをやったとき、わたしはふたりをうまいこと地下に誘導した。そこではこっそり家に入った招待客たちが辛抱強く待っていた。夢中で描いていた新しい絵が完成した、とわたしが言うと、両親はたがいにぶつかりそうになりながら地下室にやってきた。その驚きようといったら！　でもわたしは驚いていなかった。ふたりの熱意は、自分では創造性を追求することのできなかった親が、子どもが実現するのを見たときのものだ。そんなわけでこの本を書いたとき、わたしの頭には両親のことがあった。有名なクリエイターも同じ動機でものを創っている。

スティーヴン・スピルバーグは「偉大なる世代」、とりわけ第一次世界大戦に従軍したり、ホロコーストを生き延びたりした人びとに敬意を払いたいと言っている。

スピルバーグの〈プライベート・ライアン〉の冒頭を観たら、それが戦争映画のなかでもっとも強烈で、臓腑《ぞうふ》をえぐるようで、絶望に満ちた場面だといわれる理由がわかるのではないか。わたし自身、最初に観たときは涙が止まらなかった。自分がそこにいて、ぬかるみをかきわけて歩き、痛々しいほど若い何千人もの米軍兵士と一緒にノルマンディーの浜辺に突進していくように思ったのだ。激しく弾丸が飛びかい、仲間は吹き飛ばされた腕を拾いに行こうとする——無邪気にも縫合してもらえると思いながら。反対側に立っている誰かが苦痛の叫び声をあげ、銃声が鳴りやまないせいで一時的に耳が聴こえなくなる。そこは泥と血と吐しゃ物の混じった地獄のような場所だ。崖の上のどこかに姿の見えない敵がいて、無差別に銃を撃ちまくっている。
スピルバーグはそこで戦った人びとの記憶をできるだけ正確に、でも人間らしさも忘れず再現することを自分に課した。映画評論家のロジャー・エバートにはこう語っている。「私は観客を舞台に連れ出し、戦闘に加わるよう仕向けたかった。実生活では戦闘など見たこともない子どもたちと一緒に、オマハ・ビーチに行ってほしかった」

その映画を創る際のスピルバーグの大きなモチベーションとは何だったのだろうか。「私は五十一歳で、父は八十一歳。ビルマ（現ミャンマー）で戦ってきた。派手なアクション映画の背景にするのではなく、私は父の戦いを称えたかった」

〈カラー・パープル〉でピューリッツァー賞を受賞したアリス・ウォーカーにはエッセイ〈母の庭をさがして〉がある。前の世代の黒人女性たち、つまり奴隷制度とひっきりなしの抑圧のせいで創造的な才能を発揮できなかった女性たちについてだ。うまくいけば彼女たちは匿名で作品を発表するか、ガーデニングやキルティングといった、アートとは認められていない活動をすることができた。

いっぽう一九七〇年代に活動を始めたウォーカーは、アフリカ系アメリカ人の活動家、フェミニスト、作家として成功し、もちろん彼女なりの苦しみはあったものの、昔の女性たちのような壁にはつき当たらなかった。彼女は前の世代の女性たちについてこう書いた。「わたしたちの母親や祖母たちは、そっと創造性の火種を渡してくれた。自分たちが見ることはないとわかっていた花の種。決して読むことはない、封蠟をされた手紙」

ウォーカーが伝えたかったのは、たとえ作品に名前が載らなかったとしても、何らかの手段で多くの女性たちが自己表現の方法を見つけていたということだ。母親が精魂こめて手入れし、ウォーカーの育った地元ジョージア州で話題になっていた素晴らしい花壇よりメトロポリタン美術館に飾られている油絵のほうが立派だ、などと考えるのは傲慢だろう。

彼女は自分の母親を真のアーティストとして認めていた。「母は花壇の手入れをしているときだけ、目を輝かせ、夢中になるあまり別の何かになっているように見えた——ただクリエイターとして存在していただけだ。あの両手とまなざし。魂の底から仕事に没頭していた。母自身の『美』という概念に合わせて、宇宙に姿を変えるよう命じていた」

あなたが自己表現をすることを可能にしてくれたのは誰だろうか。たとえ間接的にでも、創造性を求められる仕事を支え、夢を追うよう後押ししてくれたのは誰だっただろう。

無意識の作用を受け入れる

創造性とは謎に満ちた存在で、決してすべてが白日のもとにさらされることはないだろう。創造性のみなもとは変幻自在で、正確に言い当てることはできない。哲学も心理学も、科学でさえもすべて解き明かすことはできないパワーを人生のうちに秘めているなんて、本当に素晴らしいことだ。それは無意識の働きかもしれないし、誰かがあなたを通して創造性の発露をうながしているのかもしれない。何にしても、その力は自分のタイミングで仕事をするもので、あなたにはコントロールできない。だから、ただついていくだけにしよう。

〈ひとつずつ、ひとつずつ〉のなかでアン・ラモットは、アーティストはものを創る過程を急ぎたがると指摘している。「首筋に息を吹きかけるような真似をしたら、『無意識』は仕事ができない。あなたはそこに座って『ねえできた？　まだできないの』と訊き続ける羽目になるだろう。『無意識』は穏やかに言おうとしているのに。『黙って、あっちに行ってくれない』」

焦るのはわかる。とりわけ無意識に頼って、二時間後の締切のために素晴らしい作品を創り上げようとしているのなら。また無意識に自由を与えると、まわりの人間に自分のやっていることを説明するのが難しくなるかもしれない。ぼうっと前を見つめたり、机に突っ伏したりしてあなたは何をしているのだろうか（昼寝に決まっている）。

偉大な亡き映画監督マイク・ニコルズの意見が助けになるかもしれない。映画を撮影しているとき、「スーツ姿の男たち」が脚本家たちの部屋にやってきて、どうして誰も何もしていないのか、いぶかることがあったという。何もしていないように見えても、脚本家たちは自分たちの仕事――書くことをしているんだ、と告げて、ニコルズは男たちを黙らせるのだった。

よく知られた（そして幸運な）話として、ポール・マッカートニーは無意識の働きのおかげで史上最もレコーディング回数の多い〈イエスタデイ〉を創った。ある朝目が覚めると頭のなかにメロディーがあり、急いでベッドの隣のピアノに向かって、完成形の曲を弾いてしまったという。〈ポール・マッカートニー――メニー・イヤーズ・フロム・ナウ〉のなかで本人は、誰かのメロディーを盗んでしまったのではないかと気をもみ、友だちを片っ端から呼んで演奏したと語っている。「みんな僕に言ったよ。『すごくいい曲だし、きみのものに間違いない』僕の曲だとすぐ主張するのは気が引けたけれど、ついに鉱山を試しに掘った男みたいに言ったんだ。『オーケー、僕のものだ』とね」興味深いことにマッカートニーはメロディーを手にしていたものの、歌詞はできていなかった。そこで仮に「スクランブルエッグ」という言葉をあて、もっといい「イエスタデイ」という三音節の単語が思い浮かぶまで代用した。

シンガーソングライターのジェームス・テイラーも、自分自身が積極的に動いたわけではないのに内側から湧き上がってくる歌の著作権を主張するのはためらうという。PBSの〈トルバドゥール〉では、こんなステキな言い方をしている。「歌を創るというより、僕は最初にそれを聴いた人間なんだ」

創造性の神秘をあらわす最も有名な話のひとつがこれだ。ある日J・K・ローリングは遅れた電車を待ち続けていて、そんなとき〈ハリー・ポッター〉の登場人物と筋書きがほぼ完璧な形でひらめいたという。ハーバード大学の学位授与式でスピーチをしたとき、彼女はその瞬間のことをこんなふうに語った。「わたしは六歳ごろからほとんど絶えることなく書き続けてきましたが、あんなにわくわくする物語を思いついたのは初めてでした。でもひどく腹立たしいことに、ちゃんと書けるペンを持っていなくて、貸してほしいと誰かに言う勇気はありませんでした。今にして思えば、むしろいいことだったのでしょう。わたしはそこにただ座って、電車を待つ四時間のあいだ考え続け、すべて細部に至るまで頭のなかで思い描いたのです。痩せっぽちで黒髪、眼鏡をかけていて、自分が魔法使いだと知らない男の子の話は、ますますリアルになっていきました」

わたし自身の経験から言っても、新聞やオンライン・マガジンのコラムを書くときいちばんうれしいことのひとつは、締切の朝、パニックになりかけながら目を覚ますと、頭のなかでほとんど出来上がっていて、ただ出力すればいいとわかるときだ。無意識とはありがたいものだ。あなたにもそんな経験がないだろうか。あなたの役割は言葉やメロディーや全体図を、贈り物をもらうようにありがたく受け取るだけ。そう、それは贈り物なのだから。

同じような意味合いで、アーティストや作家には無意識の可能性をただ信じるだけでなく、独創的なアイデアを迎え入れるために瞑想《めいそう》を大事にしている人たちもいる。映画監督のデヴィッド・リンチは一九七〇年代から一日二回、瞑想をしているそうだ。著書〈大きな魚をつかまえよう〉のなかでは、瞑想は魚のかわりにアイデアが泳いでいる果てしない海に飛び込むようなものだ、と言っている。

作家のメアリー・カーも瞑想を大事にしていて、〈自伝の技法〉（未訳）のなかでは駆け出しの作家にこんなアドバイスをしている。「ただ椅子にお尻を乗っけて（かつて賢者が言ったように、作家に求められるただひとつのことだ）、十五分から二十分くらい、自分の頭の外に注意を向け、胸やお腹といった広々したところに感覚を集めること。そういうところはもっと自意識が薄いし、散らかってもいない。意識の爪から自由になるのが大事だ」

◎クリエイティビティを育てる：朝一番にアイデアをキャッチ！

これはごくシンプルだけれど、大きな見返りのあるエクササイズだ。朝、目を開けた瞬間にスマートフォンに手を伸ばすこと。メールをチェックしたり、ＳＮＳをのぞいたりするためではない。古いスタイルが好みなら、ベッドの脇に日記帳を置いておいてもいい。ペンで書くか、入力するか、今やっているプロジェクトについて、あるいは新しいアイデアについて言葉にする。わたしと同じ間違いはしないでほしい——午後まで覚えていれば短編の冒頭に使える最高に気の利いた一行になる、アルバムのデザインになると思うこと。それは床に足をおろし、一日を始めた瞬間に永遠に消えてしまう。そんなわけで数分間を使い、夢のなかで生まれた創造のかけらをキャッチしよう。

わたしは天才なのだろうか？

どんなジャンルの創造性でも必ず持ち出される質問がこれだ――天才は生まれつきなのか、創られるのだろうか？　何世紀もかけて出来上がった答えは、揺るぎない定義というより、社会が人間の可能性をどう見ているかという点を反映している。

作家のエリザベス・ギルバートは素晴らしいＴＥＤトーク〈創造性をはぐくむには〉のなかで、古代ギリシャやローマでは、超自然的な存在が特定のアーティストに「割り当てられ」、自身の力だけではたどり着けない高みに到達できるよう手助けする、と考えられていたと語っている。言い換えるなら、ひとりの人間の内なる才能は外の世界の見えない存在に助けられていたのだ。ギルバートは〈ハリー・ポッター〉に登場する「屋敷しもべ妖精」ドビーにたとえている。数世紀経ったルネサンス期、今度はアーティストが前面に押し出され、ミケランジェロやダ・ヴィンチという「人間」が天才だと言われるようになった（こうして自分は選ばれし者だというトップスターの考え方が生まれた）。

ギルバートは誰かに天才のレッテルを貼る危険性を指摘する。もっとまずいのは、ただの人間が自分にそれを貼ってしまうことだ。ドラッグやアルコール、時には自殺によって二十世紀の偉大なアーティストたちの若い命が失われたのは、天才をそんなふうにとらえ、期待に応えることを不可能にしてしまったせいではないか。わたし自身は、天才と言われたことは一度もない。けれど想像するに、他人にない才能がある、あなたは素晴らしいとほめられていったんエゴが膨らんだあと、その言葉にふさわしいことを示しながら生きていくのはひどく疲れることだろう。エゴもしぼんでしまうはずだ。クリエイターが最も避けたい事態だ。

長い年月のあいだ、天才と呼ばれたアーティストのなかには、生まれながらの才能頼みだという世間の思い込みに反論した人たちもいる。そうではなく職人タイプの「練習は裏切らない」という仕事観を持っていることを知ってほしい、というわけだ。

システィナ礼拝堂の天井画を描き、伝説のダビデ像を彫刻したルネサンス期のアーティスト、ミケランジェロも、天才と騒がれても一喜一憂しなかった。かわりにこう主張している。「私が名人になるためどれほど努力したか知ったら、そんなに素晴らしいとは言わなくなるのではないか」

三世紀の後、モーツァルトも作曲家としての才能は単に持って生まれたものだと思われることを不快に感じていた。父親に宛ててこんな手紙を書いている。「僕が簡単に芸術を手に入れたと、世間の人びとは大きな勘違いをしています。作曲に僕ほど時間と思考を費やす人間は他にいません」

〈天才を考察する〉の著者デイヴィッド・シェンクは、いわゆる神童でも時間をかけて成長するものだという。確かにモーツァルトは十一歳から十七歳のあいだに五本のピアノ協奏曲を書いた。でも最初に認められた〈交響曲第二十九番〉は最初の曲の十年後に書かれたもので、最後の三本を書いたのは三十二歳のときだ。能力をフルに開花させるには二十年かかった。

現代のわたしたちの「天才」に対する理解は、ミケランジェロやモーツァルトが理解していたことの延長だ。比類なき才能に恵まれて生まれる人間もいるけれど、「天才」の境地に達するには教育、励まし、気の遠くなるほどの練習が必要なのだ。

創造の仲間

第四章「繊細な魂」で学んだように、ひとりでぽつんとしていることが多い時期、創造的な活動は孤独を和らげる役目を果たしてくれる。でも皮肉なことに、創造性が孤独を招くこともある。

創造的な作業の大半はひとりで行うものだ。キーボードを触ったり、何時間も建築の絵を描いたりしながら、ときどき目を上げてフェイスブックやツイッターでバーチャルな触れ合いを求めるのは、時にひどく寂しいものだ。もし憂うつになる気配があったり、物語の少女「ポリアンナ」並みに明るい人間でも落ち込むようなつらい記憶と向かい合ったりしていたら、余計にそうだ。だったら作業にもっと人との触れ合いを取り入れてみたらどうだろうか。

ある種のアーティストとしての活動は、他人と触れ合うことへの「言い訳」にもなる。コラボレーションは（第二章「職人」を参照）、多くのクリエイターにとって孤独と闘う効果的な戦略だ。仲間が手に入るだけではなく、どこから始めていいかわからなくなるようなつらい作業をする上で支えになるかもしれないのだ。音楽家のスフィアン・スティーヴンスはそんな経験をしている。

第四章「繊細な魂」では、スティーヴンスがアルバム〈キャリー・アンド・ローウェル〉のレコーディングを通して母親の死を受け入れた話を紹介した。それまでに九枚のアルバムをリリースし、たいていひとりで作業していたけれど、母親と義理の父親については三十本ものデモテープを作ったあげく、どうしたらいいか途方に暮れていたという。そこにあらわれたのが、兄弟をがんで亡くしたばかりのミュージシャン兼プロデューサーの友人、トーマス・バートレットだ。スティーヴンスは彼をコラボレーションの相手に選び、デモテープを渡して一枚のアルバムにしてもらった。それが作業に多くの影響をもたらした。ほとんど投げ出しかけていたプロジェクトだったが、アルバムは完成した。

自分の思考の枠から出ていくのは創造のプロセスにとってこれ以上なく大切なことで、もちろん精神面での健康にも大きな意味がある。創作ワークショップや読書会、セミナー、合宿、講座に参加してもいい。わたしが「平行遊び」と呼んでいる創作のメソッドもある。もとは子どもの発達の研究から生まれた言葉で、ふたりの赤ちゃんを隣どうしに座らせて、クルマ遊びやジグソーパズルをさせたらどうなるだろうか。お互い勝手に遊び始め、目も合わせないけれど、隣に誰かいることには満足しているはずだ。未来のトップスターであるどちらか一方が、相手がうらやましくなってジグソーパズルのピースをひったくるまでは。これが「平行遊び」。創造性豊かな人びとには、その大人版をお勧めしたい。

シンガーソングライターのパティ・スミスは友人にして恋人、たがいのミューズだったロバート・メイプルソープと平行遊びをしたことを、自伝〈ジャスト・キッズ〉のなかで振り返っている。ふたりは最終的には違うジャンルを選んだ――スミスはロックンロールの反骨精神を詩に持ち込み、メイプルソープは同性愛的な写真でアート界にショックを与えるという形で。有名なアーティストたちの根城、ニューヨークのチェルシー・ホテルのいちばん小さな部屋で同棲していた若いとき、ふたりはただ作品を創っていた。その頃の夜のことをスミスはこう描写する。「わたしたちは色鉛筆や紙の束を持ち寄り、夜遅くまで乱暴な子どもたちのように描いた。そしてくたびれると、ベッドに倒れ込むのだった」

フィンセント・ファン・ゴッホの場合、彼ははぐれ者で（偶然ではない）、遠くに住んでいる弟のテオ以外の仲間を求めていた。ゴッホも数少ない友人にして画家のポール・ゴーギャンを南フランスのアルルの自宅に招き、平行遊びを試みた。ふたりはひとつの部屋で別々に、でも同時に絵を描いたという。ただゴッホの性格的な問題のせいでゴーギャンは離れていき、ゴッホは孤独を深め、絶望した。実際のところ、悪名高い耳切り事件はそのあとすぐ起きている。

ゴッホは（自分にとって）もっと有効な戦略として、絵を描くときは必ず隣に誰かいるという状況を作り出した。町などにいる人びとを描いたのだ。肖像画が好きだったからというだけではなく、耐え難い孤独から逃れるという意味もあった。ゴッホが恐ろしくてモデルを務めるのを嫌がる人びともいたが、プロヴァンスの羊飼い、精神病院で出会った詩人ウジェーヌ・ボック、用務員のムッシュー・トラビュック、郵便夫のジョゼフ・ルーランらは協力してくれた。〈ファン・ゴッホの生涯〉の共著者スティーヴン・ネイフは、肖像画がゴッホのいちばんのお気に入りの題材だったと信じている。その選択は「アートというより心の求めに応じたものだった」

詩人のドナルド・ホールの場合、生きた人間とのつながりを強めることを望んではいなかった。愛する亡き者を追いかけていたのだ。妻で詩人のジェーン・ケニヨンが白血病を患い、一年三カ月後に亡くなると、彼は絶望と怒りに駆られた。自分のほうが十九歳も年上で、二度もがんと闘ってきたのだから、妻のほうが長生きすると考えても当然だろう。人生の伴侶を失っただけではなく、ミューズと呼んでもいい女性にも去られてしまった気の毒なホール。いや、本当にそうだったのだろうか。

作家のアンドレ・モーロワが書いたように「幸せな結婚生活とはどれだけ長く話しても足りない会話」だとしたら、ホールはその会話を（ある意味ではその結婚を）続ける方法を考えるしかなかった。〈スタジオ三六〇〉のインタビューに答えてこう言っている。「詩作は私を助けてくれた。文章を書いたり推敲《すいこう》したりしていると、妻に近づくように感じられたんだ。彼女に助けを求めるためにもやった。私はいつも考えていた……『ジェーンならここで何と言うだろうか？』そんなわけで私は書くことで仲間も得たんだ……世の未亡人や男やもめがやるように、墓石や壁の写真に話しかけたけれど、同時に五十年間も取り組んできたアートを生かし、それを通して妻に話しかけたんだ」

◎クリエイティビティを育てる：同志を見つける

あなたはひとりで作業することの多い活動に惹かれるかもしれない。ひとりの時間が長すぎることもあるだろう。そんな孤独が重荷になってきたら、「創造の仲間」のセクションにもう一度目を通し、有名なアーティストたちが行ってきた戦略を試してみよう。コラボレーターとして適当なのは誰だろうか。パラレル・プレイをやってくれるのは誰だろうか。作業について相談を持ちかけ、長い「会話」をしたいと思うのは誰だろうか。ひとつかふたつ、アプローチを選んで、役に立つか様子を見てみよう。

ここまで読んできたことで、あなたは自分のクリエイターとしてのタイプを見極め、自分の癖や傾向を発見し、あらゆるタイプのアーティストに共通する創作の動機が理解できただろう。

憧れのアーティストに自分と同じ癖や傾向、不安があるというのは驚きだし、励みになるのではないか。そしてたぶんはじめて、これらの偉人たちと同様、どうして自分にとって創作することが必要なのか理解できたはずだ。

本書が、アートを極める上でのあなたの大切な仲間、チアリーダー、コーチになってくれたら幸いだ。絵筆を取り上げたり、最初に「第一章」と打ち込んだり、さまざまなプロジェクトに関わったり、新しい方向性を模索したりするとき、この本は近くにある。あなたが成長して変化し、新しいアーティストとしての自分が顔を出すときにも、この本が支えになってくれるとうれしい。

トップスター、職人、ゲームチェンジャー、繊細な魂、活動家。わたしから贈る言葉はあと一行だけだ。クリエイターになろう！

謝辞

次の皆さんに心からの感謝を捧げたい。優秀な著作権エージェントにして教え子のアマンダ・アニスと、トライデント・メディア・グループの皆さん。とてつもなく鋭く、とてつもなく優しい編集者のステファニー・ナップとシール・プレスの皆さん、とりわけマイケル・クラーク、リッサ・ワレン、ラケル・ヒット、ケヴィン・ハノーヴァー、マット・ウェストン。素敵な原書の表紙を作ってくれたカーラ・デヴィソン。ブラックストーン・オーディオ。頼れるインターンのヘイリー・シェリフ、ケイト・アンダース、サラ・マリー。グラブ・ストリートの〈ミューズ&ザ・マーケットプレイス〉で、最初に原稿を読んでくれた編集者のジル・シュウォーツマン。書くことと教えることという、わたしにとって大切なふたつのキャリアのきっかけを作り、自由にクリエイティブ・ライティングの講座を計画させてくれたエマーソン大学。デイヴィッド・エンブリッジの大学院出版コースのワークショップで、本書のプロポーザルを題材にしてもらったこともあった。才能豊かで、熱心で、ちょっぴりおかしくて、いつも刺激を与えてくれるエマーソン大学とボストン大学の学生たち。創造性についての疑問をいっしょに追求してくれたキャシー・ヒーナン。心優しくウィットに富み、いつも応援してくれる友人たち。はじめて共同作業をした、同業者にして友人のディーリア・ケイブとジーナ・ヴィルド。

いっしょに努力したおかげで、仕事は三倍楽しかった。法律用語を嚙み砕いて教えてくれたスチュワート・シュウォーツ。惜しみなく愛情を注ぎ、支えてくれた両親と妹のタリン、義理の家族。憧れの作家ベティ・ファームとルビー・ホランスキー。わたしの自慢の種で、おまけに同じユーモアのセンスを持つ息子のダニエル。そして、不可能なことなんかないと思わせてくれる夫のマットに感謝したい。

◉著者紹介

ミータ・ワグナー *Meta Wagner*

ブラウン大学卒業、エマーソン大学修了。現在ボストン大学とエマーソン大学で創作文芸とコミュニケーション・ライティングを教える。また「ボストン・グローブ」やオンラインマガジン「PopMatters」などでも執筆。これまで「ハフポスト」「サロン」「シカゴ・トリビューン」などにポップカルチャーや創造性についての記事を寄稿している。

◉訳者紹介

小林玲子（こばやし・れいこ）

1984年生まれ。国際基督教大学教養学部卒業。早稲田大学院英文学修士。主な訳書に『ユリシーズを燃やせ』（柏書房）『波乗り介助犬リコシェ 100万人の希望の波に乗って』（辰巳出版）『グッド・ガール』（小学館）『君はひとりじゃない スティーヴン・ジェラード自伝』（東邦出版）『世界一おもしろい国旗の本』（河出書房新社）などがある。

クリエイターになりたい！

2018年4月15日　第1刷発行

著者　ミータ・ワグナー
訳者　小林玲子

発行者　富澤凡子
発行所　柏書房株式会社
東京都文京区本郷2-15-13
〒113-0033
電話（03）3830-1891（営業）
（03）3830-1894（編集）

組版　株式会社キャップス
印刷・製本　中央精版印刷株式会社

ISBN978-4-7601-4981-0